마음 그리운
날엔 분홍
소시지

일러두기

책 속 레시피의 계량 기준은 1컵 250ml,

1큰술 15ml, 1작은술 5ml입니다.

마음 그리운 날엔 분홍 소시지

한 빈티지 애호가의
추억과 향수가 흐르는
음식 플레이리스트

집밥 둘리
박지연
지음

위즈덤하우스

Prologue

지난 몇 년간 나는 어떤 굴레에 갇혀 빠져나올 수 없는 지경에 있었다. 상황 판단이 야무지게 되지 않았고 가짜가 진짜인 듯 보였다. 내 감정에 속는 날이 많아서 한번 넋을 놓기 시작하면 끝은 항상 어두운 우울로 결론이 나고야 말았다. 현실과 꿈, 과거와 미래 모든 것에서 내가 실제로 어디에 존재하는지 전혀 감을 잡을 수가 없었다. 그리하여 술을 마시며 나를 술 속에 녹이고, 내 잘못된 판단이 진짜라고 다시 확신하는 반복의 굴레에서 살았다. 원고를 쓸 자신이 없어졌고, 이일을 마무리 지을 수 있을지도 미지수였다.

그렇게 깊숙이 아래로 내려갔다. 마음의 병이 몸으로 번지고, 감정보다는 현실적인 문제들이 두려워졌다. 내 인생에 의무감이 이렇게나 없었는가, 스스로에게 질문을 던지게 되었다. 조금이라도 성의 있게 살아보고 싶어졌다. 그렇게 제삼자가 되어 냉정하게 나 자신을 바라보게 되었다.

글로 표현되지 못할 과정을 지내고 난 지금의 나는 마음이 한결 가볍다.

마음으로 좋아하는 것들을 책에 차곡차곡 담아보기로 하고 지난 몇 년의 기록을 모았다.

글을 쓰고 사진을 보다 보니 어떠한 상황에서도 내가 좋아하는 것엔 변함이 없었다. 지난날도 지금도 앞으로도 사랑할 것들이다.

취향이 다 다르지만, 이 책이 어린 시절 원하고 갈망하던 종합 과자 선물 세트 같았으면 한다. 장롱 높이 올려져 있던, 진입장벽이 있던 알록달록한 포장의 까

까들. 좋아하는 과자들과 싫어하는 것들이 한데 어우러져 있는.

앞으로 살면서 다양한 맛의 과자를 맛보게 되듯 삶도 그렇지 않을까 생각했다. 맛있는 것과 맛없는 것이 한 선물 세트에 들어 있으니까. 어쨌든 우리네 삶은 생각보다 짧고 소중한 선물인 것이다.

책을 통해 멈춰진 것들을 순환시키고 싶다. 요리, 빈티지, 음악, 사랑. 그리고 이 책을 읽으면 누군가가 문득 떠오르거나 미소가 지어지는 우리들의 이야기였으면 한다.

박지연의 책을 읽으며 자연스럽게 어린 시절이 소환되었다. 난생처음 먹어본 음식, 먹자마자 사랑에 빠진 요리, 식감이란 것을 처음 느끼게 해준 식재료, 예식장에서 접한 어른의 맛 등 먹을거리와 맞닿은 추억들이 눈앞에 펼쳐졌다. 후추통을 톡톡 두드리듯 가볍게, 하트 모양으로 케첩을 짜듯 간절하게.

이 모든 장면은 집에서부터 시작되었다. 취향이 발견되고 입맛이 형성되던 곳이 다름 아닌 집이었기 때문이다. 나는 이것들을 먹고 자랐구나, 내 피와 살과 뼈는 이런 장면으로 완성되었구나…… 유년의 기억을 간직한 채 자란 어른은 별 이유 없이도 혼술을 하고 한 끼를 제대로 먹고자 손수 장을 본다. 집에 있으면 외로움도 술안주가 되니까. 나를 대접하는 것은 나를 사랑하는 일이기도 하니까.

그는 달걀샌드위치와 김밥은 "집집마다 다른 맛"이어서 더 좋다고 말한다. 이상하게도 "샐러드 아니고 사라다"일 때만 맛봉오리가 반응한다고도, 집에서 먹을 적에는 "어설픔"마저도 "향수"가 된다고도, "다 아는 맛"은 "편안함"을 안겨준다고도 덧붙인다. 무엇보다 남들의 기억 속에서 점점 잊혀가는 것들을 찾고 먹는 삶은 오일장의 도너츠 한입에서 90년대를 살았던 나와 2000년대를 살아가는 내가 스치듯 만나는 근사한 삶일 것이다.

이 책은 한 시절을 따뜻한 기억으로 반죽하는 책, 하루하루를 노릇노릇하게 익히는 책, 애틋한 사연으로 음식의 풍미를 살리는 책이다. 맛에 기억을 담으면 맛깔이 된다는 사실을 솜씨 좋게 일러주는 책, 한번 좋아하게 된 것을 계속 좋아하는 일이 삶임을 깨닫게 해 주는 책이다. 간단해 보이는 음식조차 정성으로 완성된다는 사실을 증명하는 책, 사라진 것과 남은 것 사이에서 계량컵 없이도 넉넉한 사랑을 발견하는 책이다. 디지털 시대에 빛을 발하는 아날로그 같은 책이다.

페이지를 넘길수록 마음이 부르고 배는 고파진다. 그때 그 맛이 떠오를 때마다 펼치게 될 것 같다. 책을 읽으며 사랑은 빈티지임을, 낡고 오래될수록 더 깊어지는 것임을, 어떻게든 살아남을 것임을 재차 확인할 것이다.

오은(시인)

CONTENTS

1

엄
마

카
레

8~90년대 가정집 솜씨로 만든 카레가 먹고 싶을 때
가 있다. 엄마가 해준 카레라고 하면 한국 사람 모두가
떠올릴 그 카레. 우리나라에도 일본식 카레가 대중화
되면서부터 집에서 만들어 먹는 일도 예전 같지 않다
보니 지금은 오히려 사 먹는 카레보다 집에서 만든 샛
노란 한국 카레가 귀하게 느껴진다.

'엄마 카레'를 만들 때 가장 중요하게 생각하는 건
비주얼적인 측면이다. 어차피 카레는 끓으면 맛이 거

의 비슷해지니까. 일단 채소를 깍두기 모양으로 썰어야 한다. 그래야 그 시절 주부가 만든 카레의 모양새를 낼 수 있다. 감자와 고기, 양파는 정량에 맞게 넣지만 당근은 최소화한다. 왠지 선호도가 떨어지는 채소는 안 들어가면 심심한 듯하니 색을 내고자 넣지만 그래도 양을 넉넉하게 넣진 않는다.

초등학교 때 학교 급식 메뉴로 가끔 카레가 나오면 뭔가 특별식으로 느껴졌다. 이상하게 집에서 먹던 카레보다 훨씬 맛있었다. 대신 식판을 내밀 때 '당근은 최대한 나에게 오지 않기를' 하고 바랐다. 식판에 김이 폴폴 나는 밥이 담기고, 윤기 좔좔 반찬 몇 가지, 그리고 카레가 밥 위에 끼얹어지는 마지막 순간. 급식 판 위로 흘러넘치게 카레를 퍼주는 친구의 인심이 속으로 좋았다. 지금은 해외의 여러 카레도 많이 수입되어 있고 일본식 카레를 식당에서도 많이 찾아볼 수 있으며 집에서도 얼추 흉내 내어 만들어 먹을 수 있다. 그럼에도 한국 가정식 카레가 신기한 건 먹어도 먹어도 계속해서 리필해 먹게 된다는 것이다.

한국 카레, 일본 카레, 인도 카레마다 본연의 맛이

있어 다양한 스타일의 카레를 집에서도 만들어 먹지만 그래도 먹고 나서 '와 배부르고 든든하다' 느껴지는 건 한국 가정식 카레. 이미 한 공기를 초과했어도 갓지은 흰쌀밥에 계속 한 국자씩 끼얹어 먹게 되는 최면에 걸린 듯한 메뉴.

그렇게 아주 한 솥 끓여서 질리게 먹는 것이 룰이다. 한 솥 끓인 카레는 이틀, 길게는 사흘을 먹어야 밥상에서 점점 사라진다.

먹다 남은 카레가 지겨울 땐 남은 카레에 홀 토마토 통조림을 넣어 끓여 먹어보자. 색다르게 즐길 수 있다.

2

마가린

김치볶음밥의 추억

볶음밥을 해 먹으려고 냉장고를 열었더니 날짜가 지나버린 달걀이 있었다. 싱싱하지 않은 달걀은 먹고 싶지 않아 버터 한 조각을 올려 비벼 먹었다.

버터를 올린 김치볶음밥에 추억이 있다. 정확히는 버터가 아니고 마가린이다.

고등학교 때 옆자리 친구는 매일같이 마가린 향기가 가득한 김치볶음밥을 싸왔다. 도시락 뚜껑을 열면 자동으로 눈이 감기는 맛있는 냄새가 풍겼다. 친구 어머니의 김치볶음밥 킥은 참기름보다 진하고 고소한 향이 넘치는 마가린이었다. 우리는 점심시간이 되기 전 쉬는 시간을 이용해 도시락을 까먹곤 했다. 점심시간이 채 되기 전이라 김치볶음밥이 아직 완전히 식지 않아 입안에 넣으면 훈훈한 기운이 감돌았다. 짧디짧은 그 10분 상간에 뭔가 불법을 저지르는 아슬아슬함에 더해서 욕심쟁이처럼 마구 삼키는 스릴까지 있었다. 가쁜해진 도시락 뚜껑을 탁 닫고 시치미를 뚝 뗀 채 앞을 보던 우리. 선생님 몰래 마지막까지 남김없이 음미했던 내 입 속 김치볶음밥의 맛. 대단히 오묘했던 기분이 더해져 두 배로 맛있었딘 것 같다.

그래서 당시 옆자리 친구의 김치볶음밥은 우리 엄마의 김치볶음밥도 아닌데 내 기억 속 지우지 못할 김치볶음밥 맛으로 남아 있다. 가끔 그 기억을 떠올리며 김치볶음밥에 버터나 마가린을 넣어 먹는다.

3

에그샌드위치 선물

삶고, 자르고, 으깨고, 버무리고, 채우고, 그릇에 가
지런히 담고. 이 모든 과정 동안 내 속에 가득했던 쓸
데없는 생각들로부터 해방되어 좋다.

그리고 예쁜 접시에 하나씩 올려 먹는 맛. 누군가와
나눠 먹으면 더 행복한 맛.

에그샌드위치라는 게 장인정신으로 이어진 가게에
서 전문적으로 만드는 게 아니라면 이 집이나 저 집이
나 비슷비슷하긴 하겠지만 달걀이 얼마나 신선한지,

어떤 마요네즈를 넣었는지, 식빵이 얼마나 촉촉한지 정도의 작은 차이들이 모여서 집집마다 다른 맛을 내는 것 같다.

가끔 누군가 달걀이나 감자샐러드가 듬뿍 들어 있는 샌드위치를 내게 툭 건네면 좋겠다고 생각한다. 뚜껑을 열었을 때 예쁘게 줄 서 있는 귀여운 색깔의 샌드위치. 나도 좋아하는 사람들에게 에그샌드위치를 선물해주고 싶다. 만드는 게 그리 어렵지 않아 주는 마음도 받는 마음도 너무 부담되지 않고, 심지어 귀엽기까지 한 음식이기 때문에.

어쨌든 음식을 만들고 나누는 과정까지의 행위와 사이사이 이어지는 감정들 때문에 나는 앞으로도 요리를 계속 좋아할 것 같다.

4

불맛 나는 제육볶음

    좋은 품질의 돼지고기가 아니어도 고추장 팍팍 넣은 양념발로 승화시킬 수 있는 제육볶음.

    사람들 입맛이 고급화되면서 집에서 제육볶음을 해 먹기보다는 질 좋은 생고기를 구워 먹는 일이 더 많아진 듯하다. 어찌 보면 제육볶음이라는 메뉴는 매우 서민적인 분식 틈바구니에 끼워져 있다. 대부분의 분식점에서 제육덮밥을 팔고, 한식뷔페를 가도 제육은 거의 상시 대기 중인 반찬이니까. 기사식당에도 당당

하게 '제육 백반'이라는 메뉴가 있는 것만 봐도 그렇지 않나. 막상 자리에 앉아 주문을 하려고 보면 오징어덮밥과 제육덮밥 중 고민하게 되는 메뉴지만, 오징어볶음은 살짝 스킬이 있어야 맛있는 음식이기 때문에 식당에 신뢰가 크지 않다면 무난한 제육덮밥 쪽을 택하게 된다.

개인적으로 한식뷔페를 즐겨 가는 한 사람으로서 대량으로 만들어진 제육볶음이 가끔 생각나는 날이 있다. 급식의 그리운 추억 같은 것일까? 돼지 앞다릿살이 벌건 제육볶음 양념과 어우러져 밥 위에 양념까지 푹 떠서 크게 한 국자 올려 먹으면 참으로 든든한 한 끼가 될 수밖에. 주위를 둘러보면 어떤 이들은 한식뷔페에서 쌈채소를 수북이 가져다가 쌈장까지 곁들여 한상 푸짐한 쌈밥 정식을 느긋이 즐기기도 한다.

앞다릿살을 고추장 양념에 버무린 뒤 랩을 씌워 냉장고에 반나절 넣어 두었다가 잘 달궈진 팬에 굽고 마지막에 토치로 한번 싹 불맛을 내주면 정말 맛있는 제육볶음 완성. 제육볶음도 어떤 손길을 더하느냐에 따라 또 다른 맛으로 탄생한다. 음식에 닿는 사람 손길이 얼마나 많은 것을 변화시키는지.

　사람도 그렇다. 나 살기 바쁘다며 아이에게 며칠 신경 쓰지 못했을 때랑, 매일매일 아낌없이 사랑을 주었을 때 아이의 표정과 태도가 다르다는 걸 느낀다. 삶을 허둥지둥대며 '아이 몰라 그냥 대충 살자'라는 말을 습관처럼 뱉기도 하지만 사실은 정말 잘 살고 싶다. 성심껏. 내가 가진 마음의 고기가 품질이 좀 떨어져도, 내가 스스로 잘 가꾸어 조금은 성의 있고 맛있는, 때로는 불향 나는 무궁무진한 요리들로 재탄생되는 삶이고 싶다.

5

아
이
러
브
포
장
마
차

입에서 춥다는 이야기가 절로 나오는 날씨. 옷깃을 세우고 거리를 걸으며 고독껌을 씹는 계절. 진짜 가을이다.

어떤 날씨를 좋아하나 물어보면, 주저 없이 포장마차 가기 좋은 날씨요, 라고 말한다. 너무 더운 여름은 별로고 너무 추운 겨울도 별로다. 그런 극단적인 날씨는 즐기기보다 조금 멀찍이 서서 바라보는 게 좋다. 정확히 해 두고 싶은 점은, 크리스마스 때문에 12월을 너무나도 사랑하지만, 겨울을 사랑하는 건 아니라는 것. 조금 쌀쌀한 듯 재킷 하나 정도 가볍게 들고 다닐 수 있는 날씨. 왠지 멋을 조금 더 부릴 수 있는 날씨가 좋다. 낮 동안 재킷을 가방에 걸쳐 다니다 저녁이 되면 어깨에 툭 걸칠 수 있는 그런 날씨.

살짝 냉기가 도는 바람이 부는 밤. 작은 포장마차에 다닥다닥 모여 내 이야기인 듯 내 이야기가 아닌 듯 들려오는 사람들의 사는 이야기. 소주 한 병에 자신감이 붙으면 옆자리 누군가와 친구가 되는 건 식은 죽 먹기다. 둥근 에나멜 접시에 맛깔나게 담긴 안주와 부담 없이 시킬 수 있는 국수나 우동. 그렇게 한 마차를 탄 사람들은 저마다 그날의 이야기를 쏟아낸다. 개똥철학도 철학이랍시고 진지하게 들어주며 그 분위기 속에서 한데 뭉쳐 흘러간다. 때로는 아는 친구보다 위로가 되는 마차 안의 분위기를 사랑해서, 용감하게 혼자 마차의 커튼을 열고 자리에 앉아 소주 한 병과 잔치국수를 시킨다.

1차보다는 2차가 좋다. 조금 어색했던 누군가와 동행한다면 경계심을 조금 내려놓게 되거나, 비로소 조금 본성을 드러낼 수 있는. 2차로 포장마차에서 한잔 기울이다 보면 조금 더 친해지는 계기가 되기도 한다.

어느 날의 포장마차를 떠올려본다.

빨간 파랑 플라스틱 의자에 앉아

파란 스티로폼 아이스박스에서 꺼낸 라벨이 젖은

시원한 소주와 맥주.

청양고추 송송 올린 홍합탕 아니면 어묵탕.

위생 상태를 알 길 없는 고춧가루 붙은 맥주 컵.

이것저것 많이 썰어대서 가운데 부분이 움푹 들어간 낡은 나무 도마.

손잡이부터 연륜이 느껴지는 매서운 칼.

설거지용 거품 가득한 고무대야 두 개.

그리고 다리 하나가 겨우 붙어 있는 플라스틱 의자. 아귀가 안 맞아서 삐걱대다가 결국 엉덩방아를 찧는 어떤 술 취한 안경 쓴 남자. 안경이 비뚤어졌지만 얼른 고쳐 쓰고 아무도 못 본 줄 아는 남자의 상황.

그리고 그 순간 그 남자의 민망함조차 그런가 보다 하는 무덤덤한 사람들.

나에겐 가을의 낭만.

아이 러브 포장마차.

6

꽈리고추 어묵볶음

천 원에 여섯 장 들어 있는 어묵. 어떤 때엔 질 좋은 어묵보다 이렇게 얇은 반찬가게 스타일 어묵을 젓가락으로 크게 집어 한입 가득 먹고 싶을 때가 있다.

저렴한 식재료라고 단점만 있는 것은 아니다. 그것만이 가진 맛이 있고, 느낌이 있고, 분위기가 있다. 어육 함량이 높은 어묵이 식감과 풍미는 진해도 이렇게 식당에서 기본으로 주는 반찬 맛은 비닐 포장 겉면에 빨갛게 이름 쓰인 바로 그 어묵이어야만 하는 것이다.

평소 식당에 가면 메인 메뉴가 나오기 전에 테이블 위에 깔리는 반찬들을 먼저 집어 먹으며 이 집 솜씨에 대해 가늠해보곤 한다. 반찬이 맛있는 집은 확률상 대부분의 음식이 맛있는 집이라고 기억에 남았던 것 같다.

동네마다 반찬가게가 많아지면서 이렇게 간단한 반찬도 전보다 만들어 먹는 횟수가 줄었지만 역시 반찬은 바로 만들어서 뜨거울 때 밥 위에 올려 먹어야 가장 맛있다. 특히나 어묵 반찬은 도시락 반찬의 대표 메뉴 아닌가. 간장 베이스로 만들었거나, 거기에 고춧가루를 더해 붉은 기가 있게 볶아졌거나. 난 후자를 더 좋아한다. 가끔 꽈리고추를 넣은 어묵볶음을 만들기도 한다. 꽈리고추를 좋아하는 나로서는 일석이조의 반찬이다.

RECIGE   꽈리고추 어묵볶음

재료

얇은 사각어묵 4장   [양념장]
꽈리고추 1줌   올리고당 2.5~3큰술
양파 1/2개   진간장 2.5큰술
다진 마늘 1큰술   물 2큰술
다진 대파 1큰술   참치액 1작은술
식용유 적당량
고춧가루 1큰술

만드는 법

1. 어묵은 먹기 좋은 크기로 썰고 꽈리고추는 포크로 구멍을
   송송 뚫는다. 양파는 얇게 슬라이스한다.

2. 작은 볼에 양념장 재료를 모두 넣고 잘 섞는다.

3. 팬에 식용유를 두르고 다진 마늘과 다진 대파를 넣고 중간
   불로 볶아 향을 낸다.

4. 향이 올라오면 준비한 꽈리고추와 양파를 휘리릭 볶고 살짝
   익으면 어묵을 넣는다.

5. 양념장을 넣고 잘 섞으며 볶다가 마지막에 고춧가루를 뿌려
   한번 섞어주고 마무리한다.

7

인
간
변
하
지
않
았
네

추석이 끝나면 매운 게 먹고 싶다. 예를 들면 칼칼한 오징어볶음 같은.

이때쯤이면 입버릇처럼 '시간이 왜 이렇게 빠르지'라고 되뇐다. 의식 속 저 깊은 곳의 불안함이 일렁인다. 연말이 다가올 즈음 생기는 이상한 강박들. 버린다고 해도 역시 잘 안 된다.

옥수수 고구마 무화과의 계절. 가을이라고 딱히 뭘 좋아하는 건 없다. 언뜻 보이면 쪄 먹고, 눈에 보이면 사 먹는 것. 그래도 제철 식재료는 늘 예쁘고 얼른 먹어보고 싶다.

나는 안양 사람이지만 근 십 년 동안은 안양에 좀처럼 가지 않았다. 그럼에도 어느 날 안양에 간다면 그 이유는 오로지 안양중앙시장을 가기 위해서다. 순대 곱창골목, 떡볶이, 포장마차들을 보며 어린 날의 기억을 생생히 떠올린다. 신식 간판이 들어와 옛 모습이 조금은 사라졌지만 그렇게 많이 변하지도 않은 것 같다. 드라마에서 곧잘 보던 나이 든 어르신들이 나중에 고향으로 돌아가서 살 거라는 말을 요즘 들어 아주 조금 알게 되었다. 언젠가 나도 고향으로 돌아가지 않을까? 고향이라는 정서적 안정감 때문에.

추석에 나는 조금 쓸쓸한 공기 속에 산다. 북적이고 기름 냄새 나던 옛일들은 할머니가 돌아가시고부터 사라진 지 오래되었다. 내게 9월은 가을이라 원래 쓸쓸하고, 추석이 있어서 조금 더 보태진다. 내가 옛 추석엔 뭘 했을까 싸이월드를 찾아보니 메모장에 '머털도사 흙꼭두 장군'이라고 쓰여 있는 기록을 보았다. '인간 변하지 않았네'라는 생각이 들었다. 나이 여든이 돼서도 이걸 기억하면 좋겠다. 같은 기억 속 이야기를 나누며 공감해주는 친구가 그때도 곁에 있다면 참 귀여운 노인들일 텐데.

늘 그렇듯 명절은 왁자지껄한 기억보다 쓸쓸한 거리의 배경이 더 진하다. 사람 많고 떠들썩한 명절은 오히려 내겐 어색해. 억지 미소는 팔자 주름을 유발하니까 굳이 모퉁이를 찾아서 조용히 있는 타입. 어김없이 보름달이 떴다고 달을 보며 유치한 소원을 빌었다. 크리스마스는 크리스마스대로 소원을 빌고, 추석은 추석대로 소원을 빈다. 두 소원에 크게 차이는 없다.

8

문득 좋아하는 것들

녹진하게 무르익어 딥하게 예쁜 색들

한입에 과즙이 주르륵 흐르는 복숭아

여름 레시피가 들어 있는 올드한 쿡북

얼음 탄 와인

먹다 보니 무화과가 씹히는 잘 구워진 빵

뉴욕이 고향도 아니면서 그리운 뉴욕 사진

사계절 사랑스러운 피너츠 캐릭터들

12월 크리스마스를 기다리다 지친 자의 8월의 크리

스마스

　귀엽게 봐주고 싶은 기미와 주근깨

　은은히 나는 샴푸 향기

　에어컨이 아닌 선풍기 앞에서 수박

　초등학교 앞 빙글빙글 돌아가는 슬러시 기계

　벼락치기만 남은 탐구생활

　얼음이 씹히는 포도 맛 폴라포

　행남사 유리그릇에 미숫가루 한 사발

❋ 추천 음악 ❋

Chet Baker, 〈I remember you〉

Wayne Newton, 〈Jingle bell rock〉

빛과 소금, 〈샴푸의 요정〉

Betty Crocker's PICTURE COOK BOOK
Betty Crocker's Microwave Cookbook
Betty Crocker's Bisquick COOKBOOK

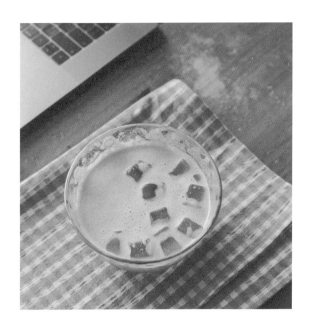

9

시
장
러
버

나는 동네 시장에 자주 간다. 특별히 살 게 없어도 시장에 가고 싶어서.

동네 시장에 가면 무조건 과일과 채소를 파는 가게를 들른다. 이 집은 이게 500원 더 비싸고, 저 집은 이게 500원 더 저렴하고. 나 혼자 머릿속으로 중얼거리며 이 가게 저 가게 참새처럼 드나든다. 그래야 시장에 왔다 가는 안도감이 온달까. 과일가게에서 할머니들이 이러쿵저러쿵 말 붙여주는 것도 정이 느껴져서 참 좋다. 오늘은 과일가게에서 떡집 떡처럼 말랑거리는 가래떡을 사왔다.

어떤 날엔 시장에 끼니를 해결하러 가기도 한다. 이것저것 다양하게 사 먹었지만 결국 정착하게 된 메뉴 중 하나가 닭곰탕. 보통은 칠천 원 특은 팔천 오백 원. 두 개 다 먹어본 뒤로는 그냥 보통으로 쭉 먹는다. 칠천 원에 진하게 끓여진 곰탕 한 그릇에 적당히 익은 빨간 김치를 곁들이기. 혼밥으로 딱 좋은 메뉴다.

그리고 내가 좋아하는 만두와 찐빵. 이것도 여러 집을 전전하며 먹어봤는데 개인적으로 최근에 생긴 만두집 한 곳을 즐겨간다. 생긴 지 얼마 안 되어 내공이 좀 약하지 않을까 했지만 내 입에는 가장 맛있다. 찐빵 반죽이 보드랍고 안에 팥이 달지 않고, 소가 넉넉히 들어가 있어 늘 그 집으로 간다.

이 동네 시장엔 유명한 칼국수 집, 닭강정 집, 고로케 집 등이 있지만 특별히 내 스타일이라고는 느끼지 못했다. 그래도 고로케는 가끔 사 먹으러 간다. 솔직히는 고로케를 사면서 마음은 샐러드빵이 먹고 싶다. 왜 마음은 샐러드빵인데 자꾸만 고로케를 사 먹는 걸까.

고로케는 단돈 천 원이고 샐러드빵은 삼천 원이라 그
런 건가? 먹고 싶은 마음에 애매하게 사진만 찍고 만
다. 슈퍼 아이스크림 냉장고를 열고 기웃거리다 아이
스크림이 녹을까 봐 마음에도 없는 걸 사고야 마는 어
린이 같다.

　지금은 입추가 지났고 어쩐 일인지 입추 전보다 더
더워진 느낌. 너무 더워서 온몸에 땀이 주룩주룩 흐르
지만 침착하게 시장을 돌아다니며 흐르는 땀을 유유
히 즐긴다. 가게마다 가진 아이템을 하나하나 유심히
보는 게 재밌다. 다양한 식재료에 붙어 있는 가게마다
의 글씨체를 보는 것도 참 재미있는 곳. 무엇보다 가게
와 가게 주인이 닮아 있는 것을 보는 게 참 재미있다.
공간과 사람은 닮는다는 걸 다시금 느낀다. 나는야 시
장 러버.

10

죽여주는 여자의 밥상

영화를 보다가 아 나도 저렇게 먹고 싶다, 하며 따라 먹는 밥상이 종종 있다.

어제는 영화 <죽여주는 여자>를 보다가 특별히 이렇다 할 게 없는 반찬들이 올라간 밥상을 보면서 내일 메뉴로 당첨, 하고는 오늘 일어나자마자 분홍 소시지를 사다 굽고, 냉장고에 있던 싱싱한 달걀로 달걀프라이를 했다. 그저 그렇지만 아주 평범하다고도 할 수 없는 친근한 친구 집, 친척 집, 할머니 집, 옆집, 뒷집, 우리 집 밥상 같은 영화 속 저녁식사.

너무 이색적이고 특별한 게 많은 시대를 살아서 그
런지 오히려 아무렇지 않은 반찬이 이색적인 게 되고,
아무렇지 않은 밥상이 특별해진 듯하다.

분홍 소시지를 부치면서의 깨달음 중 하나는 파의
푸른 잎 부분만 작게 다져 달걀물에 섞어 부치는 게 보
통 정성이 없으면 안 된다는 것. 그냥 먹어도 상관없는
음식에 파를 꺼내 다져 넣는다는 건 그냥은 주고 싶지
않다는 걸 의미한달까. 더 예쁘게 만들어주고 싶은 마
음의 표현이겠지.

어린 시절 분홍 소시지만큼 따봉이 절로 올라가는
반찬은 없었다. 지금도 마찬가지고 할머니가 되어서도
마찬가지일 것. 극 중 주인공 할머니가 구워준 분홍 소
시지와 케첩 신에 내 마음이 왜 그렇게 짠했는지. 뿌지
직 못생기게 뿌려지는 케첩을 보며 괜시리 그랬다. 갖
출 건 다 갖춰주고 싶은 할머니 마음이 느껴져서.

역시 분홍 소시지와 케첩은 나에게 영향력 있어.

11

예
식
장
잔
치
국
수

잔치국수의 맛을 처음 알게 된 건 초등학교 1~2학
년 때. 주말에 어른들 손잡고 결혼식장에 따라가게 되
면서부터다.

내가 살던 동네에는 대표적인 결혼식장 세 곳이 있
었는데 그 당시 안양 사는 사람들은 다 알 만한 곳일 거
다. 결혼문화회관, 거화예식장, 왕궁예식장. 아마 나와
같은 세대라면 그 시절 예식장들의 분위기나 문화가
비슷해서 다른 동네 예식장 이야기래도 비슷하게 떠

오르는 그림들이 있을 것으로 생각된다.

주말이 되면 이중 한 곳을 할머니와 가게 되었고, 내가 잔치국수의 맛을 알게 된 곳은 결혼문화회관으로, 스댕 대접에 나온 잔치국수였다. 애석하게도 다른 결혼식장 음식은 잘 기억이 안 나는 걸로 봐선 임팩트가 크지 않았나보다.

얼마나 맛있었으면 그 어린 날의 기억인데도 예식장 지하 식당의 풍경과 그곳의 잔치국수 맛이 어제처럼 잊혀지지 않는다. 별달리 특별한 고명이 있던 것도 아닌데. 후룩후룩 목구멍으로 술술 넘어가던 잔치국수. 어린 불청객은 1인 1메뉴의 법칙을 어기고 두 대접씩 먹고는 했다. 거기에 반찬은 맵고 시고 짭짤 달콤한 홍어무침.

토요일이나 일요일 11시와 1시 사이 점심시간쯤 할머니 손 잡고 예식장 가던 길. 비닐봉다리에 싸온 떡이랑 홍어회무침, 스댕 대접 잔치국수. 이것이 진정 내주말 추억의 메뉴.

12

이거 아는 사람은 내 친구

반가운 추억의 분말 초록통 마일로.

엄마도 까치발로 꺼내야 하는, 높은 싱크대 찬장에
넣어놓고 가끔 한 번씩 타주던 것.

그래서 지금도 일부러 찬장 선반 높은 곳에 보관해
서 까치발로 꺼내야 추억이 극대화되는 그런 맛.

살면서 지워지지 않는 엄마의 몇몇 장면이 있는데
그중 하나가 엄마가 까치발로 초록색 통 마일로를 꺼

내던 뒷모습이다. 왜 하필 그 순간이 머릿속에 사진으로 찍히듯 남았을까 생각해본다. 드디어 먹을 수 있다는 기대감으로 가득 찬 찰나의 행복이 좋았기 때문이 아닐까. 머릿속을 더 뒤져봐도 엄마의 뒷모습은 결국 이 장면으로 떠오른다. 몇 장면 안 되는 엄마의 기억 중 하나이기도 하다.

지금은 무조건 데운 우유에 타서 먹지만 그땐 마일로나 프리마를 그냥 뜨거운 물에 타기도 했었다. 세상에 이런 맛있는 가루들이 있다는 걸 알아버린 후로는 어린 마음에도 하루에 세 잔씩 먹고 싶었다. 행여나 친척집 아기가 집에 놀러 오면 몰래 분유 한 숟갈을 훔쳐 먹을 계획을 짜던 꾀순이었다. 달달한 가루들의 유혹을 이기기에는 어린 나이였던 것 같다.

그때의 마일로 맛 아는 사람은 내 친구.

13

애
달
프
/
무
화
과

1. 무화과를 가만히 바라보고 있으면 꼭 콩알탄처
럼 생겼다.

2. 잼 중에서는 무화과잼을 가장 좋아한다. 까슬거
리는 듯 알갱이가 느껴지는 식감이 좋다.

마스카르포네, 리코타, 크림치즈와 곁들이면 모두
제 짝을 만난 듯 잘 어울린다. 그래서 배부르지 않은
와인 안주로 자주 먹는다. 기분 좋은 단맛과 고소한 맛의 향연.

성경의 식물이라고도 하는 무화과는 볼수록 참 예쁘게 생긴 과일이다. 왜 옛날 명화에 무화과 그림이 많이 나오는지 알 것 같다. 김지애의 노래 중 <몰래 한 사랑>의 가사로 등장하는 가을 무화과.

하필 왜 무화과였을까? 아담과 하와가 알몸을 가리기 위해 사용했던 나뭇잎이 무화과 나뭇잎이라고 하는데. 왠지 애달픈 사랑의 이야기를 품은 과일 같다.

RECICE 무화과잼

재료
무화과 1.5kg
꿀 또는 설탕 500g
레몬즙 2큰술
소금 1작은술

만드는 법

1. 껍질 색이 예쁘게 난 무화과를 껍질이 벗겨지지 않도록
    조심스레 세척해 한입 크기로 썬다.

2. 냄비에 손질한 무화과를 담고 꿀 또는 설탕을 넣어 졸인다.
    tip. 무화과와 꿀, 설탕의 비율은 7:3으로 계량하면 되고 취향껏 줄여도 좋다.

3. 마지막에 레몬즙과 소금을 넣고 잘 섞어 마무리한다.

+   나는 무화과잼을 만들 때 맛있는 단맛이 상승하도록 소금을
    조금 넣는다. 이번엔 껍질째 잼을 만들었지만 과육만
    사용하면 더 진한 무화과잼을 만들 수 있다. 나는 귀찮아서
    패스했다.

14

은박 도시락

이제 나에겐 김밥에 대한 다양한 기억이 있고 이름만 들어도 어딘지 뭉클한 큰 향수가 있다. 지금이야 어디서든 쉽게 먹을 수 있는 김밥에 웬걸 싶겠지만. 2000년대에 들어서면서 김밥천국 천 원에 한 줄 김밥이 유행하기 시작하면서 언제든 부담 없이 사 먹을 수 있는 대중적인 음식이 되었지 싶다. 출근길에, 점심시간에, 피크닉 갈 때 천 원 몇 장이면 간편히 해결할 수 있는.

8~90년대에 김밥이란 메뉴는 소풍 갈 때 외에 일상적으로 자주 먹는 음식은 아니었다. 큰맘 먹고 하나씩 재료를 준비해 만들어야 하는 정성스러운 음식이었다. 그래서 소풍 가는 날이 되면 소풍의 설렘과 더불어 김밥을 먹을 수 있다는 기쁨도 동반되었었다.

특별한 재료가 들어가는 일도 없었다. 요즘은 김밥 속에 멸치볶음, 명태무침, 매운 어묵, 삼겹살, 돈가스, 샐러드 등등을 자유자재로 넣지만 그땐 항상 기본적으로 맛살, 달걀, 시금치, 단무지, 어묵, 오이 요 정도. 달걀도 요즘처럼 통통하고 부드럽게 말린 달걀말이가 아니라 팬에 플랫하게 부쳐진 것으로. 하지만 오양맛살을 몇 가닥으로 나누는지, 햄은 어느 굵기로 들어가는지에 따라 집마다 김밥 맛이 다 달랐다. 맛살을 좋아하는 나는 맛살이 3등분 되는 것보다 2등분 되어 통통하게 씹히는 걸 선호했다.

마트에서 은박 도시락을 보면 유년 시절 할머니가 소풍 갈 때 싸주셨던 김밥의 아련한 기억이 떠올라 코끝이 찡해지곤 한다. 어린 마음엔 할머니가 은박 도시락에 김밥을 싸주는 게 왠지 싫었다. 소풍 가방에 과자랑 음료수랑 김밥을 넣어 메고 다니다가 점심시간이 되어서 친구들과 오손도손 돗자리에 앉아 가방을 열면 내 은박 도시락은 늘 찌그러져 있고, 힘없는 손에 말려진 할머니표 김밥은 속이 다 풀어져 있곤 했다. 쫀쫀하게 말아져 있는 친구 엄마의 김밥을 보면 그저 부럽기만 했다. 지금도 김밥을 보면 찌그러진 은박 도시락과 힘없이 부서진 김밥의 기억이 지나간다. 결국 몇 개 안 먹고 집으로 가져가곤 했던.

슈퍼에서 장을 보다 은박 도시락을 보곤 마음이 찡해져서 결국 카트에 담았다. 은박 도시락에 담아보고 싶어 김밥을 말았다.

할머니의 김밥 맛이 그립다.

15

주말 중 하루는
그냥 먹어요

오늘은 토요일. 집에서 종일 먹고 있다.

일주일에 하루쯤은 이런 시간이 너무 필요하다.

한 주를 나름대로 열심히 살다가 보상으로 맛있는 걸 먹으면서 푼다. 또 살찌겠다는 말을 입에 달고 살며 따라오는 스트레스로부터 자유로워지는 시간이랄까. 그냥 일어나서 먹고 자고, 다시 일어나서 먹는 것이다. 먹는 일에 아무런 방해도 받고 싶지 않은, 에라 모르겠다. 나는 먹는다 하루.

애매하게 야금야금 먹으면서 조절하느니 오늘 확실히 먹고 내일부터 굳건한 마음으로 조절하면 되잖아. 애써 위로하며 냠냠. 칼로리 높은 짜장면에 탕수육을 시켜 배불리 먹고 저녁엔 느끼한 속을 달래줄 칼칼한 닭볶음탕에 시원한 소주 한잔?

토요일이니까 허락되는 일. 한 달에 몇 번 정도는 허락하자. 어설프게 먹을 바엔 확실하게 양껏 먹고 푹자는 게 마음 건강에도 좋을 테니까. 그렇게 어둑어둑해진 밤이 돼서야 첫 세수를 하고 잠자리로 향한다. 그리고 이불 속에서 내일은 뭘 먹을지에 대한 궁리를 하는 무한 반복의 삶.

16

아날로그 가제트

나의 첫 스튜디오이자 빈티지 숍 '아날로그 가제트'.
나의 뇌 구조를 그대로 옮겨놓은 곳이다. 좋아하는
그릇들, 소품들, 소파, 의자, 라디오.
누군가에겐 쓰레기지만 나에겐 보물.
그런 것들로 가득 채워져 있는 곳.

요즘엔 늘 다섯 시 반부터의 노을 지는 하늘의 색깔
이 좋아서 그 시간을 기다린다.

앞산은 점점 탱글탱글한 브로콜리가 되어가고.

주방에 깊숙이 들어오는 노을을 마주한 내 보물들
은 어느 것 하나 사랑스럽지 않은 게 없다.

나는 매일 이곳의 물건들과 사랑을 한다. 그래서 빈
티지 제품을 쉽게 누군가에게 판매하는 게 실은 너무
나도 어렵다. 그럼에도 이곳의 물건과 잘 어울리는 주
인을 만나면 좋겠다는 마음으로 보내준다. 오래된 그
릇에선 엄마의 향기가 나고, 라디오에선 낭만의 향기
가, 카메라에선 추억의 향기가 난다. 낯선 나라의 얼굴
도 이름도 모르는 이의 손안에서 익숙했던 물건이 한
국까지 건너와 이렇게 노을을 듬뿍 받는 것을 첫 번째
주인은 알고 있을까? 가만히 보고 있으면 이런저런 많
은 생각을 하게 하는 물건들이다. 분명 내가 스튜디오
문을 잠그고 퇴근하면 이 물건들은 <미녀와 야수>처
럼 저마다 웃고 떠들고 파티를 열 것 같다.

내 마음에 있는 결핍을 조금씩 채워준 무지 소중한 친구들. 물건을 마주하며 친구와 함께 있는 느낌으로 혼술도 많이 했기에 가제트 구석구석 빈 와인병이 여기저기 널브러져 있다. 아날로그 가제트는 결국 어떻게 될까? 평생 포기하고 싶지 않다. 그 마음으로 되든 안 되든 지금까지 온 것 같다. 2016년에 시작해서 벌써 2024년. 나와 함께 나이 들고 있는 아날로그 가제트. 아날로그 가제트가 찾는 물건들은 오랜 세월 어느 작은 마을 한쪽 구석에 주름진 얼굴로 자리를 차지하고 있거나, 다른 셀렉터들과의 연결을 통하여 세상에 몇 남지 않은 물건들이다. 빈티지 물건은 낡고 녹슬었으며 더 이상 완벽하지도 않지만, 그래서 더 아름답고 가치 있다. 새 것만 원하는 시대 속에서 버려진 물건에 담긴 이야기들과 삶의 조각들에 대해서 끊임없이 이야기하고 싶다.

17

고구마와 코코아의 타임코스모스

고소하고 달콤한 코코아와 녹슨 서랍식 철통에 구워진 군고구마가 어울리는 계절, 나는 아날로그 가제트에 방문해준 친구들을 위해 코코아와 군고구마를 준비한다. 이 두 가지 음식은 겨울 내내 대접하는 1번 간식이다.

겨울철 주전부리 중엔 고구마를 빠뜨릴 수 없고, 예쁜 머그잔에 달콤하게 타진 코코아와 함께 먹으면 주는 기쁨과 받는 기쁨이 오간다. 별달리 특별하게 준비한 것이 아니지만 모두들 함박 미소를 짓는다.

나에겐 머그컵을 수집하는 취미가 있다. 아끼고 아끼는 머그컵들을 바라보며 코코아를 담아줄 컵을 고르는 것은 그 사람에게 잘 어울리는 코트나 신발을 골라주는 마음과도 같다. 고심하며 고른 잔에 코코아를 타주는 건 나의 큰 즐거움이자 행복. 거기에 투박하게 구워진 껍질을 벗긴 고구마의 노란 속살을 마주하면 어찌 미소 짓지 않으랴.

코코아와 고구마를 맛있게 먹는 친구들의 표정은 하나같이 순수하다. 우리는 타임코스모스를 타고 다 같이 일곱 살로 돌아간 걸까. 엄마가 타준 마일로 코코아를 처음 먹었을 때를 떠올리는 표정들 같다. 그게 누구였든 코코아를 마시는 사람들의 눈빛은 늘 한결 같았다. 우리는 감미로운 음악을 들으며 달고 따뜻하고 고소한 메뉴가 주는 감정들을 훈훈한 공기 속에서 서로 말없이 주고받는다.

겨울은 날씨가 추워서 그런지 유독 모락모락 김이 나고 달콤한 것들에 몸과 마음이 녹는다. 서로 이런 것들을 나누는 것이 좋다. 별것 아니지만 건조한 날씨처럼 갈라지고 푸석한 하루의 마음을 녹일, 아무것도 아닌데 아무것도인 것들을 위해 겨울엔 코코아와 고구마를 항상 준비하고 싶다.

RECIPE   가제트 코코아

재료
초콜릿 시럽
분말 코코아
스팀 우유
마시멜로
코코아가루

만드는 법

1. 우유를 따뜻하게 스팀해 데운다.

2. 초콜릿 시럽, 분말 코코아를 넣고 잘 섞는다.

3. 마시멜로를 올리고 코코아가루를 뿌린다.

18

샐
러
드
아
니
고
사
라
다

    푸성귀 가득한 샐러드가 아닌 고소하고 든든한 마요네즈 범벅 과일사라다가 당기는 날이 있다. 커다란 볼에 사과, 감자, 단단한 대봉, 바나나, 귤을 툭툭 썰어 넣는다. 건포도와 메추리알도 통통 담고. 씹는 식감을 살려줄 땅콩, 캐슈너트 같은 견과류를 으깨어 넣고 대망의 마요네즈를 적당히 뿌린다. 마요네즈 양이 넘치지도, 모자라지도 않는 것이 포인트. 과일이 터지거나 상처 나지 않을 정도로 조심스럽게 버무려지면 성공이다. 맛 한번 끝내주는 과일 사라다.

어렸을 적 예식장에 가면 과일 사라다도 참 많이 먹었다.

여러 과일에 넉넉히 짠 마요네즈, 중간중간 씹히는 촉촉한 건포도. 고소하면서 적당히 짭짤하고 단맛. 샐러드가 아닌 정확히 사라다이다. 과일사라다. 한국만의 정서로 재해석된 맛은 결코 잊지 못한다. 어떻게 잊겠나.

재밌는 건 예식장마다 들어가는 재료가 조금씩 달랐다. 사과만 너무 많이 들어가면 재미없어지는 메뉴. 이것저것 과일들이 들어가줘야 오! 이 예식장 과일사라다 맛 좋군, 하고 인정한다.

먹다 남으면 일회용 흰 접시를 뚜껑 삼아 포개어 비닐 봉다리에 조심히 싸 오기도 했다. 문득 간판을 예식장이라고 해놓고 술 식당을 해보면 좋을 것 같다는 상상을 한다. 예식장에서 맛있었던 대여섯 가지 메뉴만 판매하는 식당.

19

둘
리

둘리라는 아이디로 온라인 활동을 시작하면서 어쩌면 내 팔자가 참 많이 변했을 수도 있겠다고 생각한다. 특별히 공부를 잘한 것도 아니었고, 집이 엄청나게 부유한 것도 아니었고. 여러 방면에 재능이 많았지만 특출나게 남다른 것도 없었다. 조금 특이한 성향을 보인 아이는 맞았던 듯. 보통 난이도로 살다 가끔 특이한 이벤트를 겪으며 살아온 83년에 태어난 어느 집 외동딸이다.

처음 온라인에서 활동을 시작할 때도 많은 고민 끝에 둘리를 아이디로 정한 것은 아니었다. 그저 나와 같은 해에 태어난 둘리를 어릴 때부터 참 좋아했었다. 어린 마음에도 둘리가 단순히 귀엽고 재밌는 만화라고만은 생각하지 않았던 것 같다. 오히려 둘리가 가진 환경적인 측면에서 말로 표현 못 할 동질감을 많이 느꼈다. 둘리가 가진 성향이나 여러 등장인물과 어우러져 살아가는 모습들에서 더더욱. 천방지축 좌충우돌.

둘리는 음악을 좋아해서 기타 연주를 좋아하는데 장난기가 많아 실수도 잦다. 그러면서도 그리운 엄마를 마음 한쪽에 늘 품고 산다. 희동이와는 매일 티격태격 싸우면서도 희동이를 내 동생처럼 아끼고 사랑한다. 고길동에게는 미운털이 제대로 박혔지만 그럼에도 꿋꿋하다.

요즘 사람들 말로 고길동 입장에서는 갑자기 나타나 사고만 치는 둘리니 정말 얄미운 캐릭터가 아닐 수 없다. 하지만 그런 모습조차 나는 둘리의 편에 서서 바라보게 된다. 만화에서처럼 집에 있는 고가의 물건들을 부수거나 다른 곳에 손해배상을 해야 하는 크나큰 실수를 하진 않지만, 가끔 일직선으로 가다 완전히 삼천포로 빠지는 경향이 있다. 좋게 말하면 감성적인 측면이겠고 나쁘게 말하면 충동적인 데다 남들이 다 하는 건 되도록 피하려고 하는 괴짜 성향에, 유행에 유독 잘 편승하지 못한다. 무언가 유행인 것 같으면 자연스럽게 그와 반대로 하고 싶거나 그중 하나가 되기 싫어하는 내 안의 청개구리가 불쑥 고개를 든다. 이러한 성향 때문에 무료한 삶이지는 않다. 내가 뭘 좋아하는지 대충은 알아서 내게 흥미로운 것들을 스스로 잘 공급하며 사는 편이다.

도봉구 쌍문동 고길동의 집. 오래된 것에 가치를 두는 나로서는 80년대풍의 개인 주택들이 무척 정감 어리게 다가온다. 그 시대의 집 구조나 가전제품, 주방의 모습을 보는 건 매번 봐도 또 재미있다. 내가 운영하는 빈티지 숍 '아날로그 가제트'도 그러한 시대를 모티브삼아 빈티지 그릇들을 주로 셀렉한다. 우연히 나는 곧둘리의 고향 도봉구로 이사를 앞둔 시점에 있다. 책이

나올 무렵엔 이사를 마친 상태일 것이다. 둘리의 삶을 닮아 그의 고향으로 돌아온 것일까. 정말 둘리 뮤지엄 근처로 스튜디오를 옮기게 되었다.

김수정 작가님이 말씀하시길 둘리 만화에는 결말이 없다고 했다. 이쯤 되니 얼추 비슷한 성향의 나도 둘리처럼 결말이 없는 인생을 살게 되려나 하는 생각까지 든다. 안정되지 못한 내 삶이 어디로 흘러가는지 잘 모르겠을 때 무심코 드는 생각이다. 그럼에도 나는 여전히 둘리의 호기심 많고 해맑은 마음으로 이겨낸다. 버스가 지나가듯 어제의 슬픔은 어제로, 오늘이 되면 오늘을 살려고 한다. 지쳐서 조금 느려질 때는 있지만 포기라는 건 없는 신기한 인간이다. 둘리에 결말이 없다지만 그냥 결말이 없을 뿐 둘리는 계속 그렇게 살아간다. 나도 그렇게 살아간다. 누구보다 나를 가장 잘 아는 사람은 나일 테니.

20

먹을 거 앞에선 4학년 2반

나는 마흔 살이 넘었지만 어떨 때는 아직도 초등학교 4학년 같다고 생각하곤 한다. 조금 더 어린 마음이 들 때는 3학년 정도 같기도. 생각하는 게 딱히 변하지 않아서인지 아니면 진짜 정신연령이 낮은지 모르겠다.

신발 앞코에 엊그제 떡볶이 먹다가 흘린 빨간 소스가 볼록하게 굳어 있을 때랑

순대랑 떡볶이 포장하러 갔을 때 '간 많이 주세요'

하고는 요청한 대로 주나 안 주나 눈에서 레이저 쏘며 도마 위만 바라볼 때랑

조각 피자를 시키고는 좀 더 작은 조각이랑 살짝 더 큰 조각 중에 큰 걸로 담아주기를 염원할 때랑

중국집에서 짜장면 시킬 때 핸드폰을 들고 중국집 몇 곳을 비교하면서, 앱마다 주는 쿠폰을 비교하며 뭐가 이득인지 따지다가 한 시간을 흘려보내고 결국엔 제일 맛없는 데서 시켜서 낭패 볼 때랑

자주 가는 분식집에서 떡꼬치 소스를 옆면에도 발라주나 안 발라주나 관찰할 때랑

신나게 시장에서 찹쌀도넛 사 먹고 집에 가서 거울을 보니 입 주변에 흰 설탕 가루들이 반짝반짝 빛나고 있을 때랑

김밥이나 만두를 포장해 집에 가는 길에 씻지도 않은 손으로 까만 비닐 봉다리에 손을 넣어 감촉으로 대강 집고는 딱 하나만…… 하는 마음으로 먹다가 집 와서 열어보면 반밖에 안 남아 있을 때랑

줄줄이 햄이 점점 사라져 아껴 먹고 싶은 마음에 꼭꼭 씹어 먹을 때랑.

21

치
사
빠
스 간
장
달
걀
밥

간장달걀밥의 잊혀지지 않는 기억 하나. 초등학교 때 여느 때처럼 친구네 집에 놀러 갔던 날. 친구가 나는 안 주고 자기만 스댕 대접에 간장달걀밥을 열심히 비벼 먹었다. 상처 받고 집에 가서 똑같이 한 대접 만들어 먹었던 쓰라린 상처가 있는 음식.

아무리 어리지만 그래도 물어봐 줄 수 있는 것 아니었을까. 혼자 태연히 간장달걀밥에 총각김치를 먹던 친구의 모습이 아직도 나를 배고프게 한다.

다행인 것은 상상만으로도 배가 고파지던 지금 냉장고에 재료가 다 있다는 것이다. 그래서 오늘 메뉴는 간장달걀밥이다. 마침 맛있게 잘 익은 김치를 크게 얹어 먹을 거야. 이제는 간장달걀밥 한 그릇을 온전히 가진 자의 여유를 누리며 한입 한입 소중하고 맛있게 먹을 수 있을 것 같다.

22

후루룹 짭짭 맛 좋은 라면

"라면이 있기에 세상 살맛 나~"

도우너와 마이콜과 둘리는 만화 속 출전한 노래자랑에서 이런 노래를 불렀다. 진라면, 신라면, 열라면, 안성탕면 모두 국민에게 사랑받는 라면들. 내겐 그중 진라면의 기억이 가장 크다. 할머니가 돌아가시고 집에 밥을 챙겨줄 사람이 없던 어린 시절을 보낸 나는 학교가 끝나고 집에 가면 진라면을 자주 끓여 먹었다.

면발이 꼬들꼬들한지 푹 퍼지는지 그런 익힘 따위

를 고려할 생각도 없이 엉터리로 끓인 라면. 짭쪼름한 라면 국물에 밥을 넣어 면과 밥을 수저로 함께 떠먹었지. 세상의 여러 뜨겁고 차가운 맛을 알아버린 지금은 그 순간처럼 끼니를 때워야 한다면 매우 우울하고 초라한 감정부터 들 듯하다.

하지만 그때 당시에는 전혀 슬프지 않았다. 그냥 배고픔을 해결했으니 됐다는 감정만 있었던 걸까? 이럴 땐 나이를 거꾸로 먹는다는 생각이 든다. 지금은 별것 아닌 것들을 머릿속으로 연관 짓다 부질없는 생각에 빠져버리곤 하니까.

먹고 싶은 것이 생기면 마음 내키는 대로 사 먹을 수 있다는 것만으로도 충분히 행복한 것 아닌가. 가끔 되뇐다. 치킨 한 마리 먹고 싶을 때 주문할 수 있는 것은 정말 큰 행복이라고.

다행히 아픈 기억들이 나에겐 감사한 뿌리가 된 것 같다. 가끔 본인의 아픔이 담긴 음식은 절대 먹지 않는다는 사람들을 보기도 한다. 하지만 라면은 그러기엔 끊을 수 없이 맛있는 음식임을…….

23

제과점 햄버거와 바닐라 셰이크

수제버거를 참으로 좋아한다. 나는 한동안 텍사스에서 살았던 덕택에 정말 다양한 브랜드의 햄버거들을 섭렵할 수 있었다. 육즙이 쏟아지는 아주 맛있는 패티나 독특한 맛이 나는 패티, 수십 가지의 다양한 소스, 바삭하거나 촉촉한 햄버거 번 등등. 햄버거 속 식재료들의 조합은 꼭 가을이 오면 멋쟁이가 스카프와 각종 니트, 맨투맨, 셔츠, 양말, 부츠나 모자를 레이어드해 멋 낸 듯한 조합으로 이루어지는 한끗 센스의 향

연처럼 느껴진다.

사실 햄버거와 피자 중에 고르라면 나는 햄버거다. 하지만 요즘 햄버거는 작아서 두 개는 먹어야 배부른데 평범하게 한 개에서 끝내야 하는 아쉬움이 있다.

이렇듯 저마다의 화려한 맛을 자랑하는 햄버거의 기억도 있지만 우리만 아는 동네 제과점 맛의 햄버거도 무지 좋아한다. 100% 소고기 패티가 아니어서 더 맛있는 맛이랄까. 미리 만들어 쌓아 두기에 냉장고 칸을 들여다봐야 알 수 있는 제과점 햄버거. 정직하게 '햄버거'라고 쓰인 포장지에 싸여 있는 햄버거는 가볍게 샌드위치를 사러 간 나를 고민하게 만든다.

가끔 저 멀리 송탄에 있는 미군부대까지 차를 타고 햄버거를 먹으러 간다. 한국식 제과점 햄버거가 먹고 싶어서. 정말이지 두 개는 먹어줘야 하는 맛이다.

RECITE

곁들여 먹는
바닐라셰이크

재료(2컵 분량)

바닐라 아이스크림 2컵
우유 1컵
바닐라 익스트랙 1작은술 (생략 가능)

만드는 법

믹서기나 핸드 블렌더에 모든 재료를 담고 잘 갈아주면 햄버거
가게 셰이크 완성.

아이스크림은 꽝꽝 얼린 것으로, 아이스크림과 우유는 6:4의
비율이 알맞다. 가장 약한 세기로 갈아주면 좋다.

24

마트로 떠나는 여행

텍사스에서 지낼 때 나는 곧잘 마트로 여행을 다녔다. 일주일이나 한 달 놀러 가서 남의 나라 문화를 흥미롭게 즐긴다고 하면 그럴 법도 한 이야기지만 꽤 오랜 기간 해외 생활을 하면서도 마트에 한 번 들어가면 기본으로 두 시간은 있었던 것 같다. 한국에 돌아온 지 제법 시간이 흐른 지금도 이따금 미국에 가고 싶은 이유 중 하나가 바로 마트 구경이 그리워서다.

식재료도 종류를 다 셀 수 없을 만큼 풍부한데 칸마

다 어찌나 예쁘고 빈틈없이 꽉 채워 진열을 해놓는지 볼 때마다 그 정성에 감동한다. 예쁜 디자인과 라벨을 구경하는 것은 덤. 그리고 특히 클리어런스 세일을 할 때 득템의 재미가 쏠쏠하다. 사실 필요 없는 것도 사게 되는 단점도 있지만 어떤 때는 내가 마침 딱 필요한 걸 세일하기도 하니까……

다채로운 식재료를 미국에서 접한 뒤로 식문화에 대한 개념도 자연스럽게 넓어졌다. 와인, 치즈, 빵, 무엇 하나 부족함이 없이 꽉꽉 들어찬 마트는 나의 생활 속 여행지다.

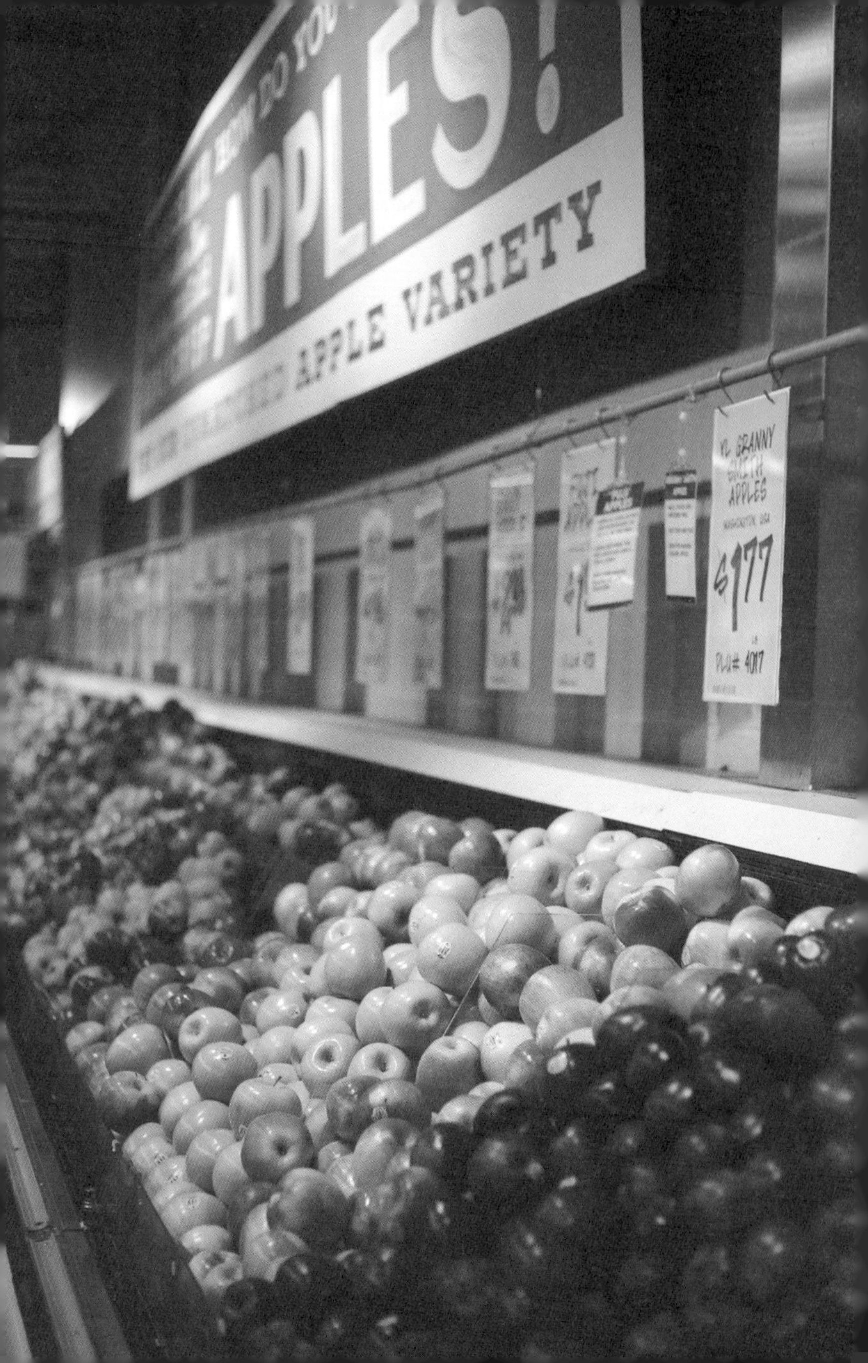

APPLES!
APPLE VARIETY
XL GRANNY SMITH APPLES
$1.77
PLU# 4017

25

손가락으로
집어 먹는 맛

　푸짐한 음식은 내 마음에 크나큰 안정감을 주는데,
어느 날은 꼭 부추만 넣은 부침개를 많이 부쳐서 산처
럼 쌓아 올린 다음 삼각형으로 잘라 손으로 집어 먹겠
다고 다짐했다.

　한 김 식어 숨이 죽은 말랑한 부침개 맛이란 자꾸자
꾸 손이 가는 맛.

　밀가루가 많이 들어갔지만 어떤 부침개를 갖다 대
도 아는 사람은 아는 그 맛.

학창 시절 친구가 위생 봉투에 싸 온 부침개를 쉬는 시간에 뜬금없이 꺼내어 나눠 먹으면 너무너무 맛있었다. 손가락과 입술 주변이 온통 기름으로 번들번들해진 채 웃었던 기억에서는 고소한 부침개 냄새가 난다.

얇게 부쳐 삼각형으로 자른 부추부침개는 나에게 말보다 마음으로 설명할 수 있는 그런 음식으로 분류된다.

26

설
날
떡
국

내게 설날은 떡국 먹는 날. 귀찮아서 마트에서 파는 떡을 사용할 때도 있지만 설날에는 웬만하면 의미 있게 방앗간에 가서 떡국떡을 구매한다. 역시 방앗간 떡이 맛있다. 오래전 할머니가 살아 계실 때는 방앗간에 멥쌀을 이고 가 우리 집 쌀로 직접 가래떡을 뽑았다. 갓 해 온 가래떡이 얼마나 곱고 따끈 촉촉 말랑한지 아는 사람은 알 것. 그렇게 방앗간 가래떡으로 뽀얀 떡국을 만들어 먹었다. 어렸을 때 할머니가 도마 위에서 가래떡을 썰 때는 칼질이 너무 해보고 싶어서 옆에서 조심히 따라 자르기도 했다. 지금 생각하면 참으로 귀한 추억이다.

사진을 위한 음식보다 내 입을 위한 음식이고 싶은 메뉴가 떡국인 것 같다. 미국에 살 때는 시도 때도 없이 떡국을 해 먹었다. 살던 동네 텍사스는 소고기가 풍부했기에 고기를 양껏 넣어 푹 삶아 육수를 내어 떡국을 끓이면 국물까지 남길 수 없는 맛이었다.

한국에 있으나 해외에 있으나 명절이라고 설날 떡국을 챙기는 난 어쩔 수 없는 한국 사람이다.

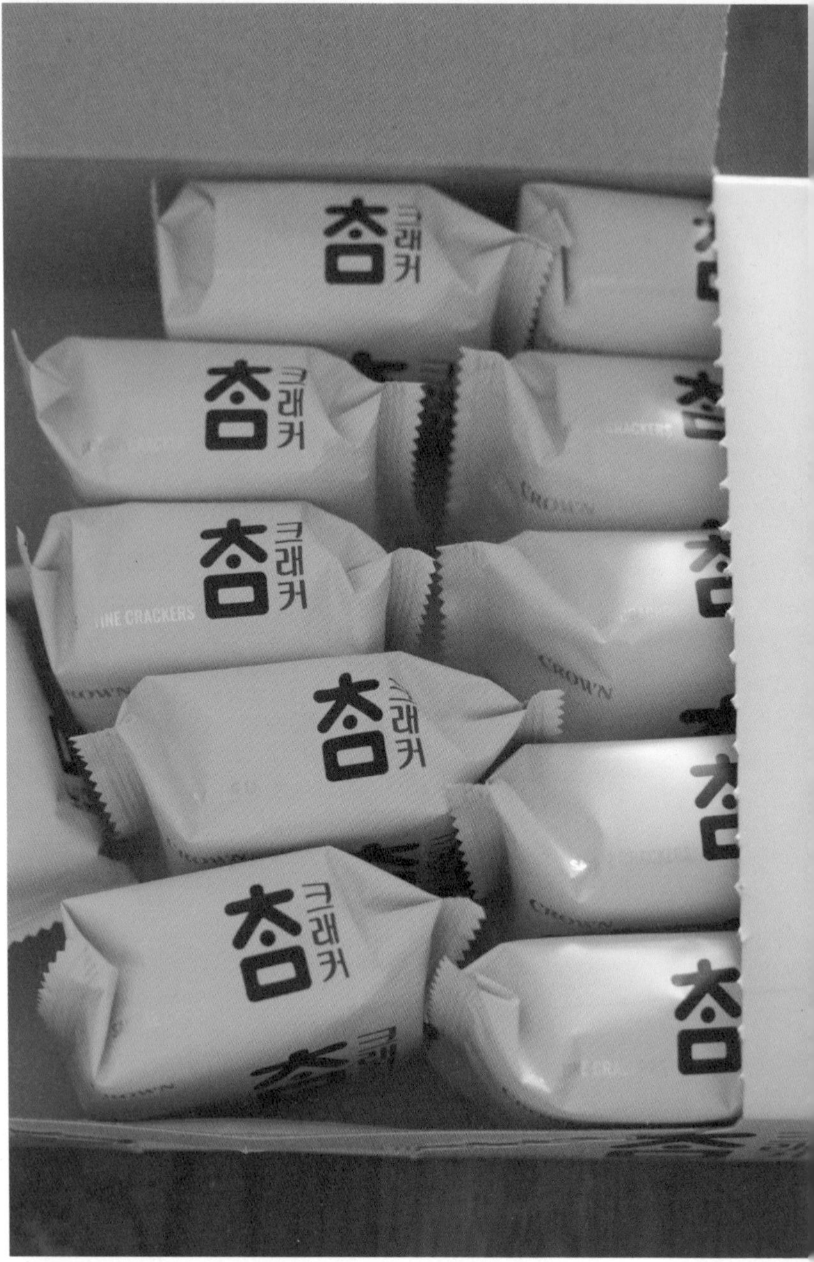
참 크래커
CROWN

27

옛
날
과
자

나는 아이비가 아닌 참 크래커 세대.

로고가 변하지 않는 건 참 좋다.

진짜는 변하지 않는다. 변하지 않아서 진짜가 된 건가.

28

흰
밥
에

소
시
지

　'나는 할머니 돼서도 줄줄이 소시지 먹을 거야.' 가끔
떠드는 이야기. 그만큼 줄줄이 소시지는 나에게 큰 추
억들이 줄줄이 맺힌 반찬이면서도 그만큼 귀여운 반
찬이다. 귀여운 줄줄이 소시지를 먹는 할머니를 생각
하면 내 노후가 기대된다. 꾸준히 좋아하던 것들을 좋
아하면서, 가슴 속에 품은 것들을 그대로 간직한 채 나
이 든 귀여운 할머니의 모습을 상상한다. 요즘 말로 귀
여운 할머니가 꿈이라고 하듯 나 역시 그것이 꿈.

80년대의 어느 날 할머니가 줄줄이 소시지를 튀겨 주셨고, 그것을 맛본 이후로 줄줄이 소시지는 나와 떼려야 뗄 수 없는 음식이 되었다. 집에 라면이 떨어지면 안 되듯 줄줄이 소시지가 냉장고에서 떨어지면 안 되는, 다시 비유하자면 마늘과 대파 같은 필수적인 것이 되어버린 것.

새로 지은 밥 위에 얹으면 뭔들 맛없겠냐만 윤기 좌르르 흰 쌀밥에 줄줄이 소시지를 튀겨서 먹으면 반찬 투정이 절로 쑥 들어가는 맛이었다. 잘 안 먹던 김치도 줄줄이 소시지와 함께하면 술술 잘 들어갔다. 이때의 속내를 고백하자면, 줄줄이 소시지만 먹으면 나 혼자 먹는 반찬인데도 빨리 없어지는 게 슬퍼서 그렇게 싫어하던 김치를 먹어가며 아껴먹던 것이었다.

요즘 수많은 비엔나소시지가 있지만 여전히 고전의 맛을 사랑한다. 크기, 맛, 모양 다 변하지 않은 그 비엔나소시지.

줄줄이 소시지 30년 차라고 할 수 있는 사람 여기에.

29

혼
술

한때 이런 시간이 있었다.

어제도 그제도 엊그제도 마신 날. 하루하루 몽롱함
에 취해 잠들고 깨고를 반복하다 일어나면 어제의 기
억은 꿈속에서 지나간 장면 같거나 아니면 모든 게 오
래전 일만 같아졌다. 그렇게 옛일인 듯 결국 또 술을
마셨다. 술을 삼킬 때마다 가슴 속 시름을 같이 삼키며
알코올로 상처를 녹이는 심정이었다. 내 감정과 마주
앉아 건배하는 횟수만큼 쓸쓸함 또한 익숙해졌다. 나

쓰지 않았다. 무언가를 마음에서 많이 털어내버린 지금은 외로움에도 기술이 생긴 기분이다. 많이들 하는 말처럼 인생은 혼자이기도 하니까. 지금은 혼술을 기술자처럼 먹는다. 누구의 시선도 신경 쓰지 않는다. 혼술 3급 자격증이 있다면 바로 취득할 수 있을 만큼.

어쩌면 이게 더 쓸쓸한 말인가. 나도 모르게 단련되어 무감각해져버린.

혼술을 특별히 하는 시간은 없다. 갑자기 먹고 싶으면 먹는 거다. 좀 충동적이긴 하지만 괴롭다고 해서 술을 찾는 타입도 아니고, 행복한 날만 마시는 타입도 아니다. 하지만 날씨나 계절을 좀 타긴 한다. 비가 오거나 바람이 찬 날.

혼자 마시는 술을 즐기며 나는 나에게 집중한다. 오롯이 나를 위한 시간을 보내며 스스로와 이야기하고 노는 시간이라고 할 수 있겠다. 비 오는 날 빗소리를 들으며 마시는 술은 얼마나 맛있나. 좋아하는 음악을 쭉 선곡해둔 플레이리스트를 틀어놓고 마시는 술은 얼마나 맛있나.

밥 먹으러 백반집에 갔다가 반찬 맛에 반해 충동적으로 시키는 소주 맛은, 팔팔 끓는 순댓국에 해장해가며 마시는 술은 또 얼마나. 아니면 센 언니처럼 빈속에 소주, 안주는 조촐히 멸치에 고추장. 온몸에 전기가 흐르는 듯한 전율의 맛은 또 얼마나…… 무엇을 가져다 붙여도 술이 친구가 되어주는 건 맞다.

쓴 술을 달게 삼키는 맛을 알아버린 나이가 되어 아저씨처럼 멸치에 고추장 소주 타령이나 하고 있다. 한심하게 보여도 애주가라면 그것이 곧 낭만이라고 생각할지도.

진정 나와 술친구라 하는 이가 있다면 얼큰한 순댓국집에서 한잔 기울여주시길. "나 순댓국집에서 한잔하고 있는데 오려면 와." 하고 말할 수 있는, 서로 배불리 먹어도 부담되지 않는, 이토록 친근한 음식과 곁들이는 술을 어떻게 사랑하지 않을 수가 있나.

30

집
비
빔
국
수

집에서 만드는 비빔국수는 그렇다. 정 없이 1인분 만으로 끝나지 않는 양. 소면의 전분이 새콤한 고추장 소스와 섞인 맛. 아낌없이 진한 참기름으로 마무리된 그런 맛. 엄마가 위생 장갑으로 비벼서 입으로 넣어줄 때의 그 첫맛.

소면을 삶아 찬물에 열심히 헹궈도 집 비빔국수에 선 밀가루 전분 향이 난다. 그 어설픔이 집 비빔국수의 향수를 불러일으킨다. 밖에선 아쉬울 수 있는 맛이지

만 집에선 전분으로 인해 탁해진 소스조차 좋다. 먹을
줄 몰라서 그 맛을 좋아하는 게 아니다. 그게 집의 맛
이다.

참기름을 한 번 넣고 또 넣어 조금 더 고소하기를
바라는 마음. 배가 터지도록 국수를 먹은 후에 당분간
국수는 안녕이라고 해도, 우리는 또다시 냄비에 물을
받아 국수를 삶고 있다.

31

나폴리탄 스파게티

나폴리탄 스파게티를 좋아한다. 맛도 맛이지만 음식이 가지고 있는 편안함이 입으로 들어오는 기분이랄까. 어릴 때부터 케첩 맛을 좋아했던 우리 세대는 알 것이다. 지금처럼 소스가 다양하지 않았던 시대에 새콤하고 달콤하며 밥이나 빵 어디에 뿌려도 맛있는 케첩의 순기능을.

그 케첩이 듬뿍 들어간 나폴리탄 스파게티에는 내가 그리도 좋아하는 비엔나소시지도 들어간다. 어릴 땐 멀리하고 싶었던 양파와 피망도 들어가지만 이 채소들의 향기는 나폴리탄에서 절대 빠지면 안 되는, 비중 있는 조연 역할이라는 걸 이제는 너무도 잘 아는 나이가 되었다.

다소 스킬이 있어야 하는 파스타 면으로 만들지만 나폴리탄 스파게티는 면발의 심이 살아 있게 조리하는 '알 덴테'를 굳이 지키지 않아도 되고, 면만 미리 삶아 냉장고에 보관했다가 요리를 해도 된다. 오히려 면발이 불어야 맛있는 자유로운 레시피를 가지고 있다.

그래서 나폴리탄 스파게티는 나에게 단순한 파스타 요리가 아니다. 자유의 한입이다. 어딘가의 구속에서 벗어나는 한입이다. 너무 많은 공부를 해서 먹어야 하는 음식이 가끔은 피곤하다. 애나 어른이나 다 아는 맛의 음식이 주는 편안함이 좋다.

RECIPE   나폴리탄 스파게티

재료(1인분)

스파게티면 1인분   [소스]
(쥐었을 때 500원 동전 크기)   우스터소스 1.5큰술
비엔나소시지 6~7개   케첩 4.5큰술
피망 1/4개   올리고당 1큰술
양파 1/4개   올리브유 적당량
양송이 2개   우유 2큰술
                                    케이엔 페퍼 살짝
                                    파르메산 치즈가루 적당량

만드는 법

1. 소시지는 어슷하게 썰고 양파와 피망, 양송이는
    얇게 썬다.

2. 작은 볼에 소스 재료를 모두 담고 잘 섞는다.

3. 스파게티 면은 10분간 삶고 건져낸 뒤 올리브유를 둘러 서로
    붙지 않게 섞어 둔다.

4. 달군 팬에 버터를 녹이고 소시지와 양파, 피망과, 양송이를
    넣고 타지 않게 잘 섞으며 적당히 볶는다.

5. 스파게티 면과 소스를 넣어 잘 섞어 센불에서 휘리릭 볶는다.

6. 접시에 담고 파르메산 치즈가루를 취향껏 뿌린 뒤 뜨거울 때
    바로 먹는다. 타바스코소스를 곁들여도 좋다.

32

두고 내린 우산

평생 한 주인의 손만을 거친 우산이 몇 개나 될까? 우산이란 본디 누구의 손에서 누군가의 손으로 계속 전달되는 팔자를 가진 물건. 애초에 내 우산이란 없는 듯하다. 어느 날부터 예쁜 우산에 별 관심이 없다. 어차피 내 손 안에서 영원하지 않을 것이며 어느 순간 잃어버리게 되더라도 지나가는 아쉬움 속에서 시나브로 잊혀질 존재일 테니.

<말죽거리 잔혹사>라는 영화는 당시 내가 갓 성인이 되었을 때 극장에서 보았다. 이 영화에선 아픈 이별에 대해 이렇게 표현했다.

"버스에 두고 내린 우산처럼 그 사람을 잊고 싶다."

라디오 디제이가 엽서로 도착한 사연을 읽어주는 장면이었다. 당시 나는 실제로 새 닥스 우산을 버스에 두고 내려 잃어버린 지 얼마 안 된 상황이었고, 이따금 그 우산이 생각났지만 누구나 그렇듯 씁쓸한 마음으로 잊어버리고 있었다.

문득 그 닥스 우산의 행방을 생각했다. 버스는 떠나고 내 손에 있던 닥스 우산은 주인을 잃은 채 빈 좌석에 기대어 종점까지 갔겠지.

중학교 때 버스 종점 근처에 살아서 우산을 찾으러 가본 적이 있다. 커다랗고 파란 플라스틱 통에 이쑤시개처럼 잃어버린 우산들이 꽂혀 있었다. 그땐 우산을 찾으러 갈 열정이 있었나 보다.

사랑의 종말. 이별이란 우산 분실에 비할 수 없는 고통이다. 쉽게 무언가를 잊는다면 얼마나 좋을까를 우산에 빗댄 그 대사에서 이별이란 마음이 얼마나 아픈 일인지 가늠해보며 가슴이 먹먹했던 기억이다.

비가 오지 않을 때 우산의 존재감은 없다. 어릴 땐 일기예보에 맞춰 우산을 꽤나 열심히 들고 다녔던 것 같은데. 내가 길을 많이 걷지 않는 건지, 어떻게 비를 잘 피해서 살고 있는 건지 모르겠지만 고정으로 쓰는 우산이 딱히 없다. 사실 소나기가 내린다 하더라도 밖을 걸을 일이 없으면 우산이 크게 중요한 것은 아니니까.

이런 의미로 보면 누군가의 우산이 되어준다는 말은 잘 지켜내지 못하면 헤어질 확률이 아주 큰 관계겠지. '네 우산이 될게'라는 말은 어쩌면 참 어려운 말이겠구나.

33

크리스마스
착한 어린이 병

생일보다 크리스마스를 좋아한다.

초록 불 빨간 불이 예쁘게 깜빡이는 밤이 좋다. 내가 좋아하는 붉은 색이 너무나도 자연스럽게 어울리는 12월을 사랑한다. 8월부터 크리스마스 캐럴을 듣는다.

올해 12월엔 꼬물꼬물 촘촘히 짜인 크리스마스 스웨터를 입고 싶다. 이왕이면 잠옷도 크리스마스 느낌이 나는 체크 무늬였으면 한다. 온종일 어디에선가 크리스마스 캐럴이 흘러나오면 좋겠고, 입천장이 델 만큼 뜨거운 코코아에 마시멜로를 올려 먹고 싶다. 백화점 잡화 코너에 가서 소중한 사람을 떠올리며 크리스마스 선물을 준비하고 싶다. 벽난로 앞에서 뜨거운 모차렐라 치즈가 흐르는 치즈피자를 먹고 싶고, 진짜 나무를 베어다가 크리스마스트리를 꾸미고 싶다. 핸드폰 메시지가 아닌 크리스마스카드에 마음을 적고 우표를 붙여 작고 귀여운 마음을 전달하고 싶다. 삭막해진 주변에 동심을 전해주고 싶은 마음에 12월은 나에게 의미 있는 달이다.

그렇게 크리스마스만 되면 착한 어린이 병이 찾아온다.

34

옛날 빵집

　프랜차이즈 제과점이 아닌 동네에 있는 옛날 빵집을 지날 때 '햄버거'라고 정직하게 쓰인 포장지에 싸인 수제 햄버거를 가끔 마주하곤 한다. 속이 전혀 보이지 않는데도 이상하게 궁금하고 사 먹고 싶어진다. 보나 마나 뻔하다. 채 썬 양배추 샐러드와 닭고기가 섞인 패티, 달걀프라이가 들어가는 집도 있고 거기에 운이 좋으면 치즈가 들어가거나 아니면 없거나. 소스는 그냥 케첩과 머스터드. 봉지 안을 볼 수 없어 마치 랜덤 뽑기 장난감을 고르는 느낌이다. 레시피도 정해진 것 없이 그 제과점 제빵사의 손맛에 따라 만들어진다. 생김새도 모르고 속도 모른 채 일단 사 먹을 수밖에. 같은 햄버거의 이름을 하고 있지만 수제 패티가 들어간 뉴욕 출신 '쉐이크쉑 버거'와는 가격도 맛도 사뭇 다른 느낌이다.

나는 어떤 사람인가? 뉴욕에서 물 건너온 쉐이크쉑 버거 같은 사람인가, 아니면 동네 빵집에 있는 햄버거 같은 사람인가. 둘 다 섞어놓은 사람인가.

남들의 기억 속에서 점점 잊혀가는 것들을 찾고 먹는 게 좋다. 옛날 느낌이 나는 제과점을 지나칠 때 이 맛을 떠올리는 이들은 여전히 세련된 베이커리가 아닌 그냥 동네 빵집에서 파는 야채빵이라든지, 고로케라든지, 맘모스빵이라든지로 추억을 채우곤 하는 것 같다. 만화 <영심이>에서도 나오듯 친구들과의 모임이나 미팅 같은 것도 제과점에서 많이 했었지. 큰 접시에 한가득 담긴 여러 종류의 빵을 포크로 찍어 먹었다.

오늘은 동네 빵집에서 사 온 깨가 송송 박힌 햄버거

번을 버터에 굽고, 닭고기가 섞인 패티에 양배추를 듬뿍 올려 특별한 소스 없이 마요네즈와 케첩만 아낌없이 뿌린다. 그리고 체더 치즈와 신선한 달걀프라이도 추가. 오이를 슬라이스하거나 양파를 구워 올려도 좋다.

뭔가 가정 수업 시간에 만든 맛이 날 것 같은 조합이다. 거기에 바닐라 향 나는 셰이크를 곁들여 먹는다.

RECIPE   옛날 햄버거

재료(1개 분량)
햄버거 번(삼립)
냉동 햄버거 패티
채 썬 양배추 1줌
달걀 1개
치즈 1장
마요네즈 1큰술
케첩 1큰술
머스터드 2작은술

만드는 법

1. 달군 팬에 버터나 마가린을 올려 녹이고 햄버거 번을 올려
   양쪽 면을 잘 굽는다.

2. 햄버거 안에 들어갈 패티도 올려 굽는다.

3. 취향껏 반숙 또는 완숙 달걀프라이도 한다.

4. 햄버거 번 안쪽에 머스터드를 1작은술씩 펴 바른다.

5. 한쪽 햄버거 번 위에 구운 패티를 올린다.

6. 그 위에 채 썬 양배추를 올리고 케첩과 마요네즈를 뿌린다.

7. 그 위에 치즈와 달걀프라이를 올리고 반대쪽 햄버거 번을
   덮는다.

8. 포장지에 야무지게 감싸 쪼르르 놓고 만족하며 친구들과
   나누어 먹는다.

35

오
일
장
풍
경

봄이 지나가고 더위가 슬그머니 시작되는 6월, 그리고 본격적으로 더워지는 7월. 이때 열리는 오일장에 나가면 내가 몇 월을 살고 있는지 눈으로 확인할 수 있다.

옥수수, 복숭아, 호랑이콩. 또 여름 하지에 가장 맛있다는 감자.

한여름보다 아직 덥지 않고 한겨울보다 활기찬 오일장엔 어르신들이 질서 있게 장 모퉁이에 주르르 앉아 계신다. 직접 집에서 농사지으셨다는 식재료들을 시뻘건 고무 다라이, 세수 바가지, 손때 묻은 스댕 그릇 안에 소복하고 정성스레 담아 놓으셨더라. 그렇게 주인을 기다리는 식재료들은 그사이 할머니의 손끝에서 예쁘게 다듬어진다.

정확한 가격은 없다. 정확한 양도 없다. 야박하지 않게 인심 쓰시는 할머니들 덕에 닷새를 기다려 재래시장에 온 것에 가슴 한켠이 훈훈해진다.

국밥 풍경도 빠질 수 없다. 더운 여름에 시장에서 국밥이 웬 말일까 하지만 이 메뉴는 오일장에서 사계절 내내 사랑받는 메뉴다.

6년 동안 사용하셨다는 무쇠솥에서는 선짓국이 펄펄 끓고, 주문이 들어오면 국밥 그릇에 후하게 두 국자를 훌훌 떠서 담고 준비된 건더기와 대파를 올린다. 낮인데도 손님이 많다. 어떤 손님의 간이테이블 위에는 국밥과 미지근한 소주도 보인다. 한여름의 국밥과 낮술. 꽤나 매력적이다.

날이 더워 입맛이 없을 때는 살얼음 동동 띄운 묵사발 파는 곳으로 간다. 길게 채 썬 메밀묵과 익은 배추김치, 김가루, 오이, 그리고 시원한 육수와 함께 후루룩 먹는 경상도 음식. 그렇게 옹기종기 모여 한 그릇을 비우고 나면 부대끼지 않고 시원하게 든든한 점심 한 끼가 된다. 오일장에 빠질 수 없는 메뉴다.

배불리 먹었다. 그래도 왠지 입이 심심하다. 군것질이 빠졌으니까. 어느 재래시장에 가도 꼭 있는 즉석 도너츠 가게가 보인다. 맛있게 발효된 반죽으로 만든, 갓 튀겨 한 김 살짝 식은 도너츠를 한입 물면 90년대를 살았던 나와 2000년대를 살아가는 내가 스치듯 만나게 된다. 어떤 음식은 내가 어떤 장소, 어떤 위치에 있든 변하지 않는 오랜 친구가 된다. 사람들은 취향이 확실해서 백설탕이 하얗게 뿌려진 것과 안 뿌려진 것이 늘 나뉘어 있다.

이제 도너츠 집을 그냥 지나칠 수 없는 이유는 단순히 군것질을 하고 싶은 마음 때문이 아니라 지난 추억을 생각하며 한입 베어 물고 싶어서가 맞을 것이다.

36

음악의 존재

　음악은 나에게 어떠한 존재 같은 것.

　숨을 쉬지 않아도 형체가 없어도 언제든 내 곁에 있
는 친구 같은 존재다.

　음악은 나에게 타임머신 같은 것.

　음악이 귀로 타고 흐르는 순간 나는 그 기억과 풍경
과 냄새를 느낄 수 있다.

그럼 내가 음악에게 해주는 것은 무엇인가.
음악은 그것조차 바라지 않는 나의 친구이다.

내가 음악에 해줄 수 있는 것은
내가 좋아하는 음악을 아직 들어 보지 않은 이에게
그 음악을 알려주는 친구가 되어주는 것.

37

호
빵
의

흰

껍
질

호빵이 100원인 시절이 있었다.

슈퍼에 가서 "호빵 주세요" 하면 슈퍼 아주머니가 밖으로 나와 동그란 호빵 기계 유리문을 드르륵 여시고 빨간 손잡이 집게로 기계 안쪽 트레이를 돌려 따뜻한 호빵을 골라 흰 종이에 싸주셨다. 간혹 여러 개를 사는 날엔 까만 봉다리에 한꺼번에 넣어 가느라 집에 가면 쭈글쭈글해진 호빵을 먹기도 한 기억이 난다.

호빵 바닥에 붙어 있는 흰 종이를 떼어 모락모락 김 나는 호빵을 손바닥 위에 올려본다. 팥을 싫어했던 나는 호빵 속 팥은 빼고 흰 빵만 떼어 먹다가 자주 혼이 나곤 했다. 팥을 먹은 척하고 몰래 버리기도 했던 것 같다. 솔직히 보태자면 흰 빵 부분이 좋아서 호빵 종이까지 씹어 먹은 적이 있다. 삼키진 않았고 그냥 질겅질경 씹다가 단맛만 느끼고 버렸다.

어느 날 동네 호빵 기계에 야채호빵이 등장했고 백 원인가 이백 원 더 비쌌던 기억이다. 채소라는 단어만 들으면 싫은데 이상하게 야채호빵은 맛있었다. 야채호빵은 나에게 어쩌다 한번 먹을 수 있는 귀한 호빵이어서 그랬는지.

나중에는 피자호빵도 등장했다. 어린 시절 피자에 대한 환상 때문에 과자나 빵 앞에 피자만 붙으면 뭐든지 다 맛있는 것 같았다. 뇌에 굳어진 생각 때문인지 지금도 피자 맛이라고 하면 대충 실패 없는 맛이라는 생각부터 든다.

난 여전히 호빵을 팥과 같이 먹는 것보다 뜨거울 때 흰 빵 껍질만 떼어 먹는 게 좋다.

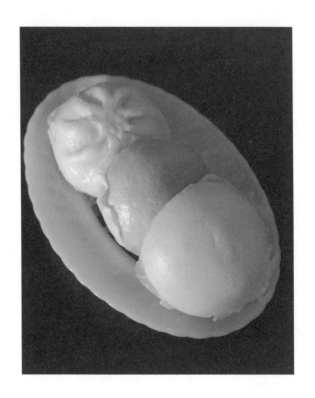

오늘은 이제야 겨울이라고 할 만큼 정말 추운 날씨였다. 이런 날은 호빵을 먹으면서 보온 메리야스를 입고 집에서 쉬어야 한다.

뜨거워서 호호
맛있어서 호호

38

떡
볶
이

러
버

　나는 둘째가라면 서러울 정도로 떡볶이를 좋아하는
사람이다. 말 그대로 떡볶이 러버. 언젠가 그런 이야기
를 한 적 있다. 떡볶이를 보면 생각나는 사람이 되고
싶다고. 내게 떡볶이는 모든 음식의 종착지 같은 것이
다. 피자, 햄버거, 탕수육, 짜장면…… 다 먹어도 결국
마지막까지 질리지 않고 찾게 되는 건 떡볶이더라. 오
늘 점심으로 떡볶이를 먹었지만 저녁이 되면 먹었던
걸 잠깐 잊고 또다시 떡볶이가 생각나는 최면에 걸려

버리기도 한다. 떡볶이에 대한 기억은 할머니와 매일 같이 가던 시장에서 시작되었다. 내가 나고 자란 안양 중앙시장 떡볶이집. 긴 의자에 옹기종기 앉아 먹는 포장마차 스타일 가게로 윤기가 흐르는 걸쭉한 고추장 소스의 말캉한 쌀떡볶이 집이다.

할머니는 매번 떡볶이 오백 원어치를 주문해 나를 앉혀두고 잠깐씩 자유롭게 장을 보고 돌아오시곤 했다. 오백 원어치가 쌀떡 대여섯 줄에 어묵 하나였던가. 거기에 다시다 맛 어묵 국물. 나는 떡볶이를 먹을 생각에 할머니와 시장 가는 것을 좋아했다. 집에서는 편식하고 밥도 잘 안 먹으면서 어떤 날은 떡볶이 접시에 남은 소스까지 모조리 긁어 먹기도 했다. 시간이 흘러 나도 자라고, 할머니도 돌아가시고 점점 생활반경이 바뀌면서 그 떡볶이는 더 이상 먹을 일이 없어져 아주 가끔 기회가 되면 갔던 것 같다.

스물아홉 살, 당시 미국 출국을 앞두고 있던 나는 한국에 언제 돌아올지 모르는 기약 없는 상태가 되니

그 떡볶이가 무척 그립지 않을까 하는 마음이 들었다. 그래서 촉박한 와중이었지만 시간을 내서 안양중앙시장에 갔다. 그때 주인 아주머니께 건강하게 잘 계시라고 인사를 드렸던 것이 마지막이다. 해외 생활을 마치고 한국으로 돌아와 다시 방문했을 땐 그 떡볶이 집은 사라져 있었다. 주인 아주머니가 몸이 좋지 않아 어느 날부터 나오지 않으신다고 옆집 가게로부터 전해 들었다.

그 후로도 내 떡볶이에 대한 사랑은 변하지 않았다.

해외에 거주할 때도 변함없이, 떡볶이를 일주일에 서너 번은 먹은 것 같다. 냉장고에 떡국 떡을 떨어뜨리지 않는 습관이 있어서 떡볶이가 먹고 싶으면 어렵지 않게 만들어 먹을 수 있었다. 떡국 떡 떡볶이는 방앗간 가래떡으로 할머니가 만들어주셨던 추억이 가득한 음식. 할머니는 떡국 떡 대신 절편으로도 떡볶이를 만들어주시곤 했다.

옛날에는 살짝 불량 음식으로 취급받던 떡볶이가 세상이 바뀌면서 대우가 참 많이 달라졌지 싶다. 그사이 퓨전 떡볶이 메뉴도 많아졌지만, 나는 여전히 고전 그대로의 떡볶이를 선호한다. 내가 자랄 땐 떡볶이 브랜드가 따로 있지 않아서 동네 떡볶이집마다 다 다른 맛을 느낄 수 있었다. 철수 엄마와 순이 엄마의 음식 맛이 다르듯 각자의 개성 어린 동네 떡볶이집들. 간판만 봐도 알 것 같은 그런 분식집 맛이 소중하다.

떡볶이 이야기는 거짓말을 조금 보태 밤새도록 할 수 있을 테지.

39

이튿날 된장찌개

　훈훈하고 아름다운 가정을 상상해보면 떠오르는 장면 몇 가지가 있다. 그중 하나는 밥시간에 맞춰 주방에서 들려오는 나무 도마에 칼로 갖은 채소를 써는 소리. 다음은 보글보글 찌개가 끓고 있는 분주한 주방의 소리. 그다음은 구수한 된장의 향이 점점 집 안에, 골목 사이사이에 채워지는 모습이다.

　해는 지고 점점 어둠이 깊어지는 시간. 여러 집에서 피어오르는 음식 하는 냄새는 위장을 꿈틀거리게 한다. '우리 집'이라는 보금자리에서 먹는, 맛있는 된장찌개가 올라간 저녁식사를 하며 엄청난 위로를 받았던 것 같다. 사실 반복되는 평범한 일상은 위로라는 개념조차 없이 그저 여느 저녁식사 중 하나로 큰 기억 없이 지나간다. 그렇게 진하게 끓여진 된장찌개와 따뜻한 밥은 이곳이 나의 보금자리라는 것을 무심코 마음에 새겨지도록 한다……

엄마 음식이 대단히 특별한 게 있었을까?

사람들 얘기를 들어보면 엄마 음식으로부터 느끼는 것들은 오히려 엄청나게 특별한 것보다 매일 끓여주던 찌개와 반찬들이다. 훗날 그 일상이 무척 그리울 것이다. 결국 아무리 맛있는 외식을 하더라도 결국 집밥을 먹고 싶다는 생각이 들게 하는 원천.

요즘 나는 특별한 것보다 이런 보통의 평범한 날들이 많이 그립다. 모든 평범한 것들이 이리도 소중한 것인지 모르고 살았다. 불규칙한 식사와 외식, 대충 끼니를 때우며 보내는 날들이 이어지며 자연스레 집밥이 그리워지는 건 집밥으로부터 배운 큰 사랑이 마음에 있기 때문일 것이다.

그렇게 마음이 그리운 날엔 어떤 음식보다 된장찌개라는 음식이 큰 위로가 된다. 찌개를 끓이기 위해 준비한 채소들과 두부의 존재가 마치 '여기도 따뜻한 집이야'라고 이야기해주는 것 같다.

하루 먹고 남은 이튿날 찌개는 첫날 찌개와는 또 다른 매력이다. 모서리가 뭉개진 야채와 된장의 짭짤한 기운을 머금은 두부. 이 두 가지를 느끼기 위해 조금 넉넉하게 찌개를 끓이기도 한다. 이튿날 찌개의 매력 또 하나가 있다면 곁들일 반찬 두어 가지만 있어도 든든해지는 마음일 것. 정성껏 신경 써서 저녁 준비를 하지 않아도 왠지 밥 한 공기만 있다면 수월하게 "집밥 든든하게 잘 먹었다" 하는 말이 나올 것 같은, 부산스럽지 않은 여유가 좋다.

RECIPE   두부 많이 된장찌개

재료

두부 1모   시골 된장 3큰술
표고버섯 3개   고추장 1큰술
애호박 1/3개   고춧가루 1작은술
대파 30g
감자 1개
청양고추 2개
다진 마늘 1작은술
멸치육수 2.5컵

만드는 법

1. 두부와 감자, 표고버섯, 애호박은 먹기 좋게 썬다. 대파와
   청양고추는 송송 썬다.

2. 냄비에 멸치육수를 넣고 보글보글 끓어오르면 먹기 좋게 썬
   감자와 표고버섯, 애호박을 넣는다.

3. 한소끔 끓으면 된장과 고추장을 풀어 넣은 뒤 두부를 넣는다.

4. 다시 끓어오르기 시작하면 다진 마늘과 고춧가루를 넣어
   자박하게 끓이면서 대파와 청양고추를 넣어 마무리한다.
   모자란 간은 국간장으로 맞춘다.

+ 나는 된장으로 된장찌개의 간을 얼추 맞춘다. 슈퍼에서 파는
   된장보다는 조금 건강하게 만든 시골 된장을 구해 쓰고 있다.
   찌개를 자박자박하게 끓여 밥과 비벼 먹는 것을 선호하기에
   위 레시피는 조금 짭짤할 수 있다. 칼칼함을 좋아해
   청양고추는 끓일 때도 넣고 밥을 비빌 때도 넣는다.

40

추억의 돈가스 세트

떡볶이, 만두, 피자, 햄버거를 좋아하는 사람이 돈
가스를 싫어할 확률이 몇 프로나 될까?

집에서 돈가스를 만드는 게 사실 좀 귀찮을 수 있는
데, 확실히 기성품을 튀겨주는 돈가스집이 많아지니
까 내가 원하는 맛을 먹고 싶으면 집에서 만들어 튀겨
먹을 수밖에 없게 됐다.

막상 만들면 번거로울 것 같던 과정도 밀가루, 달
걀, 빵가루 이 세 과정을 나름대로 정리하며 만들면 정말 별것 아니다. 달걀이나 밀가루, 빵가루를 내가 가진 고기에 어느 정도 양을 사용할지 미리 계산하면 요리 후 뒤처리도 깔끔해진다.

암튼 이 나이 되면 돈가스 스킬이 좀 생기는 나이가 아닌가. 많이 사 먹어도 보고 만들어도 봤으니까. 거기에 돈가스를 사 먹는 특별한 이유가 결국 소스 맛 때문이기도 하니, 내가 좋아하는 돈가스소스 맛을 야매로라도 찾아두면 한 번 만들 때 넉넉히 만들어 놓기도 좋다. 미국에서 생활할 때도 떡볶이, 순대, 튀김만큼 자주 만든 음식이 바로 돈가스였다.

돈가스의 여러 추억 중 학창 시절 요일별로 할인 메뉴가 달랐던 학교 앞 분식집이 떠오른다. 월요일부터 금요일까지, 주말은 빼고. 돈가스와 다른 메뉴를 합친 세트를 천 원에서 천오백 원 정도 할인하는 구성⋯⋯ 나는 돈가스에 오므라이스나 김치덮밥 세트를 선호하는 아이였다. 경양식의 일종이니 애피타이저 개념으로 떡볶이와 오뚜기 크림 수프가, 디저트로는 물이 잔뜩 들어간 슬러시 제형의 바닐라 아이스크림까지 풀코스로 나왔다. 주머니 사정이 좋은 날에는 어김없이 그 분식집에 가서 돈가스 세트 구성을 골랐다.

그 돈가스집은 아직도 있다. 사실 주인이 바뀌고 맛이 좀 변했으며 여전히 가게 밖에 걸려 있는 요일별 세트 메뉴는 정작 사라진 지 좀 되었다고 했다. 그럼에도 한 번씩 들리게 된다. 참 추억의 맛이라는 건 새로운 맛이 돌파하기 힘든 장벽 같은 것. 이렇게 다 쏟아내지 못하고 글에까지 담는 돈가스를 인생 메뉴에서 뺄 수가 있을까.

41

떡
꼬
치

소
스

많
이

요

    내 또래 중 대한민국 초등학생이었다면 방과 후 떡
꼬치의 추억이 없는 사람은 거의 없을 것으로 생각한
다. 언제부터였는지는 잘 모르겠지만 어느 날부터 떡
꼬치는 학교 앞 분식점 인기 메뉴로 등극해 있었다. 떡
볶이처럼 오래된 메뉴는 아닌 듯하다.

    밀떡을 기름에 튀겨 새콤매콤한 소스를 앞뒤로 발
라주던 떡꼬치는 단돈 백 원이었다. 말 그대로 백 원의
행복. 떡볶이와 재료가 크게 다르지 않음에도 떡볶이

와 떡꼬치의 매력은 전혀 달랐다.

떡볶이를 주문할 때는 접시에 어묵이 몇 개 들어가나, 떡이 몇 개 들어가나 집착한다면 떡꼬치는 떡보다는 소스에 집착하게 되는 음식이다. 떡꼬치를 주문하고는 "소스 많이 발라 주세요"라고 이야기하는 건 나에게 아주 큰 용기가 필요한 일이기도 했다. 양면이 아닌 옆면까지 사면 전체를 빠짐없이 발라줬으면 하는 어린 나의 소스에 대한 집착.

소스를 솔로 한 번만 찍어서 앞뒤 발라주느냐, 두 번씩 찍어 발라주느냐는 그 당시 나에게 엄청 중요했다. 그 집착이 결국 결핍이 되어 나는 집에서 떡꼬치를 만들 때 소스를 아주 넉넉하게 만들어 흰 부분이 보이지 않을 때까지 꼼꼼하게 바른다. 떡꼬치는 다른 것 필요 없이 정말 소스 조합만 잘 되어도 사 먹는 맛 이상을 낼 수 있다.

나이가 사십 중반이 되었어도 여전히 비슷한 것들에 집착한다. 이제 "소스 많이 발라주세요"라고 할 용기는 아예 사라진 것 같다. 그냥 그날 내 운에 맡기는 거지.

재료

나무 꼬치
밀떡볶이 떡 혹은 쌀떡볶이 떡
식용유

[소스1 – 집 스타일 소스]
고추장 2큰술
케첩 3큰술
올리고당 2큰술
다진 마늘 1작은술
물 3~4큰술
간장 1/2큰술

[소스2 – 사 먹는 분식집 소스]
시판 양념치킨소스 2큰술
케첩 1.5큰술
고추장 1큰술
참기름 살짝

만드는 법

1. 나무 꼬치 한 개당 밀떡 5~6개를 꽂는다.

2. 볼에 소스 재료를 모두 넣고 잘 섞어 떡꼬치소스를 만든다.

3. 팬에 식용유를 넉넉하게 두르고 떡꼬치를 넣어 앞뒤로 튀기듯 굽는다.

4. 누구의 눈치도 보지 말고 내가 바르고 싶은 만큼 소스를 발라 먹는다.

42

만
찐
두
빵

만화 <검정고무신>은 아날로그를 좋아하는 인간으로서 참 질리지 않는 콘텐츠다. 내용은 보릿고개에 대한 나보다 연식이 오래된 어른들의 이야기지만 보는 내내 흥미진진하다. 특히 먹거리에 대한 추억 어린 이야기가 많이 나와 더욱 재미있다. 라면이나 크림빵, 냉커피, 카스텔라 등등 지금은 흔하디흔한 음식으로 그려진 추억 이야기. 나는 만화를 보면서 내게도 혹시 저렇게 간절하게 먹고 싶은 메뉴가 있을까 생각해본다.

<검정고무신> 최종화에서는 '만찐두빵'이란 제목으로 만두와 찐빵에 관한 이야기가 나온다. '만찐두빵' 가게를 하시는 할머니와 손자 같은 아이들에 대한 이야기다. 거스름돈을 먹은 돈보다 더 돌려주는 할머니가 노망이 났다며 아이들은 웃어넘기고, 결국 입소문이 나서 거스름돈을 더 돌려주는 할머니를 바보 취급하던 아이들로 만찐두빵 가게는 문전성시를 이룬다. 그러던 어느 날 만찐두빵 할머니가 돌아가셨다는 교장선생님의 조회 시간 발표와 함께, 학생들을 위해 평생 모은 돈을 학교 장학금으로 기부하셨다는 이야기에 아이들 모두가 눈물을 흘리며 반성하게 된다.

　이 나이에 만화를 보고 눈물을 흘리며 자기반성을 하는 게 어쩌면 조금 웃긴 일처럼 느껴지지만 나는 한 번씩 <검정고무신>을 볼 때마다 어제와 오늘, 최근의 내 모습을 돌아본다. 아득바득 살아가는 삶에 촉촉한 단비를 내려 억척스러움을 조금 내려놓기도 한다.

이러한 교훈을 주는 만화에 등장하는 메뉴. 만두와 찐빵이다.

시장에 가서 뭘 사 먹을 것이냐 묻는다면 만두와 찐빵이 빠질 수 있을까? 단팥이 들어간 찐빵을 살까, 김치와 고기가 들어간 왕만두를 살까 심각하게 고민하다 결국 혼자 다 먹지 못할 양으로 만두와 찐빵을 각각 사게 된다. 메뉴의 이름만 놓고 본다고 해도 너무 귀엽지 않은가? 찐빵. 만두. 요즘 말로 '찐'이라는 글자가 섞여 정말 빵 중에 '찐'이라는 말인가? 만두의 '두'라는 글자는 발음하는 입 모양조차 귀엽다. 거기에 만이라는 글자를 앞세워 '만두'. 어감이 참 좋다.

억지스럽지만 항상 생각하는 것들이다. 예쁘고 화려한 것보다 귀여운 것이 정말 세상에서 가장 무서운 것 같다. 만두와 찐빵은 나에게 그런 존재이다. 무서우리만치 귀엽고 따뜻한 음식.

43

김포공항 샌드위치

감자샐러드는 만능이다. 그대로 먹어도 훌륭한 음식이자, 빵과 곁들여 먹으면 완벽한 음식이 된다. 동네 이자카야에 가면 고민 없이 사이드로 주문하는 메뉴 역시 감자샐러드다.

추억을 더듬자면 유치원 시절, 당시 우리나라에 인천공항은 없고 김포공항만 있던 시절에 아빠가 해외에서 입국하시는 할아버지를 모시러 공항 가는 길에 날 가끔 데려가주시곤 했다.

김포공항에는 당시 스낵바가 있었는데, 할아버지를 기다리는 동안 아빠는 늘 내게 샌드위치를 시켜주었다. 어렴풋이 샌드위치에서 오이 맛과 햄 맛이 섞인 감자샐러드 맛이 났다. 식빵 두 장으로 만든 샌드위치를 네 조각으로 잘라주었는데 정말 너무너무 맛있어서 혼자 네 조각을 다 먹는 게 일도 아니었다. 할아버지가 탄 비행기가 연착이라도 되면 그날은 샌드위치를 두 번 먹을 수 있었다. 그래서 내게 이 샌드위치는 감자샐러드 샌드위치가 아닌 김포공항 맛 샌드위치다. 그 맛이 어린 내게 너무 충격적이었는지 아직도 감자샐러드에 오이와 햄을 곁들이면 추억 속 김포공항 스낵바로 빨려 들어가는 기분이다.

나와 같은 기억을 가진 몇몇 친구들을 만나 이 김포공항 샌드위치에 대해 이야기하면 몇 마디 설명하지 않아도 "나도 알아 김포공항 맛!" 소리가 절로 터져 나온다. 이 반가움은 반가움 이상. 어떤 이름 모를 동지애가 느껴진다. 전혀 다른 삶을 살아온 우리가 김포공항 샌드위치라는, 같은 메뉴와 맛을 기억하는 추억이 있다는 게 참 재미있다.

감자샐러드를 만드는 정확한 레시피는 없다. 이 레시피가 뭔가 정확한 계량을 요구한다면 재미없을 것 같다. 감자의 양도, 부수적으로 들어가는 재료들도 마찬가지. 싫으면 빼고, 좋으면 넣고. 각자 자기 색을 찾아 만들어야 하는 음식이 맞다. 심지어 브로콜리를 넣는 사람도 봤다.

마요네즈를 얼마나 넣을 건지도 각자 취향껏. 나중에 소금으로 간만 잘 한다면 대부분 맛있다.

이런 틀에 박히지 않은 음식이 좋다. 틀에 박히지 않은 요리가 좋다.

44

김
치
죽

숙취로 고생하는 날이나 감기에 걸려서 입맛이 없을 때나 날씨가 흐려서 비가 올 것 같을 때 먹고 싶은 음식은 김치죽.

생각해보니 대체로 밝은 기운일 때 생각나는 음식은 아닌 것 같다. 경상도 이름으로는 갱시기죽. 지역마다 부르는 명칭들이 따로 있는 것 같다.

나는 김치죽을 끓일 때 항상 냉장고에 대기 중인 떡국 떡을 넣는데, 이러면 김치 떡국을 먹는 듯한 느낌과 김치죽을 먹는 느낌을 동시에 느낄 수 있다. 작게 썬 김치를 볶다가 멸치육수를 붓고 불린 쌀이나 찬밥을 넣어 쌀알이 알알이 김치 육수에 퍼질 때까지 눌어붙지 않게 저어가며 끓여 먹는 김치죽은 적었다시피 만드는 방법이 어렵지 않다. 다른 음식과 비교해 웬만하면 쉽게 식지 않아서인지 음식을 먹는 내내 얼굴로 훈훈한 온기가 올라오는 게 좋다. 이 음식을 내 주변 누군가 자주 해줬던 것 같진 않지만 경상도 출신인 할머니 할아버지와 자라면서 은연중에 익숙해져버린 음식이다.

나는 특이하게도 여기에 마가린 한 조각을 살짝 올려 먹었다. 이건 우리 아빠가 먹던 방식. 마가린이 없으면 버터를 한 조각 올려줘도 좋다. 걸쭉하게 퍼진 밥알과 멸치육수로 얼큰하고 시원하고 칼칼한 맛이 좋다. 매운 고추랑 파도 있다면 송송 올려주고. 내키는 날엔 달걀노른자까지 띄워본다. 매콤 새콤하면서 고소한 재료들과 버터의 풍미가 정말 잘 어울린다. 왜 김치와 버터가 궁합이 좋은 음식인지 느껴지는지의 한 예.

뜨거운 음식은 실제로도 마음을 녹인다. 그래서 김

치죽은 내가 나에게 만들어주는 간편하고 따뜻한 선물 같은 음식이다. 쌀쌀한 날 우산을 쓰고 걷다가 축축해진 몸으로 노포 식당에 들어가서 앉으면 기본으로 내어주는 칼칼하고 뜨거운 콩나물국 같은 것. 쭉 마시고 가슴이 녹는 기분이 이런 걸까? 나에게는 김치죽이 그러한 음식이다.

아무튼 버터와 김치는 매우 잘 어울린다.

한국의 전통 음식과 양식의 향기가 만나 오묘하게 조화를 이루는 마지막 한 끗.

멋진 궁합이다.

RECIPE　　　　　　　　　　　　　　　　　　　김치죽

재료

불린 쌀 1컵
신김치 250g
대파 6cm
김칫국물 1국자
껍질 제거한 생새우 8마리
멸치육수 800ml
(다시팩과 물 4컵으로 끓여
준비)

고추장 1/2큰술
국간장 1/2큰술
고춧가루 1/2큰술

만드는 법

1. 생새우는 칼로 듬성듬성 다지고 대파는 송송 썬다.

2. 팬에 신김치와 김칫국물을 넣어 센불에서 볶다가 다진 새우를
    넣고 다시 잘 볶는다.

3. 불린 쌀을 넣고 쌀이 익어 투명해질 때까지 중약불에서
    볶는다.

4. 준비한 멸치육수를 반만 넣고, 고추장과 고춧가루를 넣어
    중불에서 끓인다.

5. 나머지 멸치육수를 중간중간 넣으며 쌀이 완전히 익을
    때까지 끓이고 송송 썬 대파를 넣어 잘 섞는다.
    tip. 이때 집집마다 김치 맛이 다르기 때문에 국간장이나 참치액젓, 소금으로
    간을 더해줘도 좋다.

6. 접시에 담고 취향껏 달걀노른자나 다진 청양고추, 마가린이나
    버터를 곁들인다.

45

시
장
군
것
질

살 게 없어도 시장에 가는 걸 좋아하는 나는 시장에
서 사 먹는 메뉴가 매번 크게 다르지 않다. 우리 동네
시장이 아닌 다른 동네 시장에 가더라도 늘 같은 메뉴
를 찾아 헤매다 끝내 사 먹곤 한다. 이 동네는 이게 유
명하니까 이걸 먹고 가자! 하는 게 딱히 없는 재미없
는 사람이다.

처음 방문하는 시장이라면 일단 그 시장의 떡볶이
집 스타일들을 빠르게 스캔한다. 그중 괜찮아 보이는

떡볶이집이 있다면 마음에 저장. 선별 기준은 그 집에서 대체로 직접 다 하는지, 회전도가 좋은지다. 그다음 코스는 찹쌀도너츠 집. 꽈배기나 고로케를 전문으로 만드는 장인이 어디에 있는지 찾아 헤맨다. 아쉽게도 모든 시장에 있진 않다. 그다음으로는 만둣집. 김치만두는 얼마나 빨갛고 피 두께가 얇은지, 크기는 어느 정도 먹음직스러운지를 본다. 그 집에서 반죽도 직접, 소도 직접 만들어 빚는지가 내겐 가장 중요하다.

마지막으로는 칼국수 수제비집이다. 빼꼼 열린 미닫이문 사이로 꽤 자주 오는 어르신들이 식사하고 있는 분위기라면 일단 신뢰도 상승. 미닫이문을 쓱 열고 들어가 생각보다 저렴한 가격에 흐뭇해 하며 수제비나 칼국수를 주문한다. 먼저 반찬으로 나온 김치 맛을 본다. 어쩌다가 운이 좋으면 기대하지 않은 보리밥까지 주는 집을 만나기도 한다. 그럴 땐 왠지 성공한 기분이다. 칼국수 나오기 전 주는 보리밥은 내 입맛엔 최고의 애피타이저다. 단돈 몇 천 원에 정말 든든한 한 끼를 먹게 되는 셈이다.

멸치육수의 시원한 감칠맛과 손으로 반죽해 끓인

쫀득한 밀가루가 씹히는 맛이 일품이다. 후추 러버인 나는 늘 후추를 과하게 뿌린다. 송송 썬 매운 고추까지 올려 땀을 뻘뻘 흘리며 먹고 나면 결국 계획과는 다르게 아무런 군것질도 하지 못하고 배를 두드리며 집으로 돌아간다. 아, 오늘도 잘 먹었다.

46

참
치
캔
의　소
중
함

　가장 처음으로 만든 요리라 하면 대번에 떠오르는
메뉴는 김치볶음밥이다. 할머니가 돌아가시고 점점
혼자 요리해야 할 일이 많아지면서부터다. 대부분의
시간엔 주로 라면에 의지했다. 그러다 어느 날 참치캔
의 존재를 알게 되었다. 할머니가 있을 때는 알지 못했
던 식재료였다. 캔을 따고 보니 고소한 냄새와 함께 두
툼한 생선 살이 가시도 없이 통째 들어 있었다. 꽁치에
들어간 그 삭은 뼈 식감을 너무나도 싫어했던 나로서

255

는 신세계가 열린 것이다.

초등학교 4학년 때의 어느 날. 아빠가 김치볶음밥에 참치를 넣어 만들어 주셨다. 그때부터 나의 요리 인생이 본격적으로 시작되었다. 라면에서 벗어나 한 끼를 밥으로 먹을 수 있는 요리법을 터득한 것. 그때의 조리법은 지금과 별반 다른 게 없다.

팬에 잘 익은 김치와 김칫국물, 고추장 반 스푼을 넣어 볶다가 밥과 참치를 넣어 맛있게 볶는 방식이다. 귀찮아서 간단하게 때우고 싶은 날엔 김치볶음밥만 만들어 먹고, 식탐이 오르는 날에는 김치볶음밥에 달걀프라이도 올리고 비엔나소시지도 튀기고 내친김에 라면도 끓인다. 이름하여 나만의 김치볶음밥 정식. 언젠가 내가 카페를 열게 되어 메뉴를 짠다면 김치볶음밥은 꼭 넣고 싶은 음식이다. 카페에서 먹는 김치볶음밥. 뭔가 낭만적이지 않은가?

47

아
침
밥

먹는 걸 정말 좋아하지만 아침은 잘 챙겨 먹지 않는다. 그럼에도 챙겨야 한다면 뚝딱 만드는 아메리칸 스타일로.

나이가 들수록 매 끼니 잘 챙겨 먹는 것이 맞다고들 하지만 아니기도 하다. 내 체질을 아는 게 가장 중요하다. 나는 먹은 만큼 움직임이 없으면 몸에서 다 소화를 하지 못해서 아침은 대부분 거르는 편이다. 그래서 호텔 조식에도 그다지 관심이 없다.

요즘 변하지 않는 나의 아침 루틴은 따뜻한 물을 한 잔 마시고 유산균을 먹는 것. 그리고 따끈한 차를 한 잔 마시며 하루를 시작한다. 하루를 시작하는 첫 음식으로 뭘 먹느냐가 중요하지 않았던 삼십 대와는 정말 다른 사십 대가 되어버렸다.

그러고는 조금 출출해지면 냉장고를 연다. 통밀 식빵에 그날 당기는 것으로 이것저것을 꺼내 조합하여 먹는다. 조금은 배고픈 듯 끼니를 챙긴다. 허술하게 먹어도 또 먹은 것과 안 먹은 것은 천지 차이다.

밥을 통 먹기 싫어하던 아주 어린 시절에는 할머니가 억지로 밥 세 숟갈을 입에 들이밀어 그걸 겨우 먹고 학교에 갔다. 그때 늘 하시던 말씀. "이거 먹어야 똑똑해진다." 막연한 말 같기도 하지만 그 세 숟갈이 어린 나의 하루에 미치는 영향이 없지는 않았을 것 같다.

전날 방구석에서 혼술이라도 한 날은 다음 날 아침 위가 요동치는 것을 느끼며 잠에서 깬다. 아저씨처럼 시원하고 든든하게 내려줄 뭔가가 필요한 기분이다.

굳이 해장국집을 가는 것까지는 오버라는 생각에 깔끔하게 내 손으로 북엇국을 끓인다. 무를 넣으면 맑으면서도 시원하고, 감자를 넣으면 전분 때문인지 조금 더 진하고 포만감이 느껴진다. 달걀은 그날그날 내 마음에서 원하면 넣고, 원하지 않으면 패스한다.

맑게 끓여 밥과 먹거나, 밥까지는 부담스럽다면 달걀을 풀어 후후 불어가며 북엇국만으로 달래는 해장의 아침. 두 가지 모두 그날 끌림에 따라 만든다.

RECIPE

해장 북엇국

재료

황태채 60g
물 4.5컵
감자 120g (1개~1.5개,
무로 대체 가능)
송송 썬 대파 30g
청양고추 2개,
다진 마늘 1작은술
달걀 1개
들기름 2큰술

어간장 2큰술
(국간장 2큰술 + 멸치액젓
1작은술로 대체 가능)
소금, 후추, 고춧가루 적당량

만드는 법

1. 황태채는 먹기 좋게 자르고 찬물에 담아 통통하게 불린 뒤
   물기를 손으로 꼭 짠다.

2. 감자는 새끼손가락 굵기로 썰고 대파는 송송 썬다.

3. 작은 볼에 달걀을 깨트려 넣어 달걀물을 만든다.

4. 냄비에 들기름을 두르고 황태채를 넣어 중간 불에서 살살
   볶다가 북어가 탱탱해지면 물을 붓는다.

5. 국물이 뽀얗게 끓어오르면 손질한 감자를 넣는다.

6. 다시 한소끔 끓어오르면 어간장을 넣고 달걀물을 빙 둘러
   넣는다.

7. 다진 마늘과 대파, 청양고추를 넣고 소금, 후추, 고춧가루로
   취향껏 간해 마무리한다.

48

진
짜
피
자

피자를 집에서 구워 먹어본 적이 있는가? 내가 처음 먹어본 피자는 엄마가 프라이팬에 식용유를 둘러 구워준 냉동 피자였다. 피자의 이름은 '모닝피자'.

오븐이나 전자레인지 같은 작은 주방가전이 대중적이지 않은 시절이었기 때문에 지금과는 다른 방식으로 피자를 처음 먹게 되었다. 엄마는 화장품과 각종 수입 물품을 파는 가게를 하셨는데, 당시 가게 안에 작은 주방이 있었다. 그래서 가끔 엄마 가게에 놀러 가면 그 주방에서 피자를 구워주시고는 했다. 그럼 가게 안이 금세 맛있는 냄새로 가득 찼다.

엄마가 팬에 구워준 피자는 눈이 번쩍 뜨이는 맛이었다. 치즈가 적당히 노릇해져 어딘지 탄맛이 나면서도 내가 좋아하는 케첩을 듬뿍 뿌려 먹는 맛. 여전히 수많은 소스 중 최고로 치는 케첩은 어디에 뿌려도 맛있지만 팬에 갓 구워 뜨끈뜨끈 누룻하게 익은 피자에 같이 먹으면 정말 끝내준다. 지금도 가끔 생각나면 남은 피자를 냉동실에 보관했다가 오븐이나 에어프라이어에 데우지 않고 팬에 데워 케첩을 뿌려 먹는다. 그러면 빵의 바삭함과 잘 구워진 치즈, 그리고 토마토소스와 페퍼로니 등의 토핑이 케첩과 어우러져 너무나도 잘 어울리는 맛이 된다.

요즘은 에어프라이어나 전자레인지가 집마다 있지만 어떤 집이 전자레인지를 샀다는 소식이 들리면 동네 주부들이 구경하러 가던 시절도 있었다. 아주 오래된 이야기 같지만 놀랍게도 내가 자라면서 경험한 것들이다.

피자를 그렇게 배운 나는 피자 맛이라는 감투를 씌운 모든 음식을 사랑하기 시작했다. 과자도 피자 맛 과자라고 하면 의심의 여지 없이 사 먹고 싶었고, 피자호빵이 처음 나왔을 때의 주황빛 자태 역시 잊지 못한다.

그러던 어느 날 아빠가 진짜 피자를 사 오셨다. 진짜 티브이에서 보던 것처럼 납작한 사각형 박스에 동그란 피자가 들어 있었다. 아무리 생각해도 피자집 이름은 기억나지 않지만 흰 피자 박스에 빨간색으로 할아버지 얼굴이 그려져 있었던 기억이 난다. 안양 시내에 처음 생긴 피자집이라고 했다. 아빠는 이후로도 그집 피자를 꽤 자주 사 오셨다.

아빠는 대부분 콤비네이션이나 슈퍼슈프림 맛 피자를 사 오셨는데, 내가 치즈피자가 먹고 싶다고 노래를 부르면 어쩌다 치즈피자를 사 오시기도 했다. 어린 내 생각에는 까만 자동차 바퀴같이 생긴 것이 올라가 있고 초록색, 빨간색 잡다한 채소 토핑이 쭈욱 늘어나는 피자에 대한 로망을 충분히 해소해주지 못한 것. 영화 <나 홀로 집에>에서 주인공 맥컬리 컬킨이 치즈피자를 혼자 시켜 먹는 것을 보며 피자의 로망이 생기기 시작했다. 그래서 아빠가 사 온 피자의 선호하지 않는 토핑은 모두 골라내고 그나마 먹을 수 있는 페퍼로니나 작은 미트볼 같은 토핑만 놔둔 채 내 방식대로 피자의 로망을 채웠다.

피자가 남으면 할머니는 남은 피자를 밥통에 넣어 데워 주셨다. 그것 또한 하나의 추억 맛으로 남았다.

49

돈가스 옆 마카로니

    돈가스를 언제 처음 먹어봤는지 기억이 나질 않아 슬프다. 이렇게나 좋아하는 음식에 별다른 첫 기억이 떠오르지 않는다니. 떡볶이만큼이나 돈가스를 참 많이 사 먹기도 했고 만들어 먹기도 했는데 말이다.

    하나 떠오르는 돈가스의 옛 추억은 백화점 지하에 있는 푸드코트에서 사 먹던 돈가스. 지금과 같은 백화점 푸드코트지만 기성화된 맛은 별로 없던 시대였다. 다 각자의 기술을 가진 사람들이 형광색 종이에 화려한 폰트로 쓴 메뉴를 주렁주렁 붙여놓고 장사를 했다.

과천 뉴코아 백화점에 쇼핑을 가는 날이면 다른 메뉴는 쳐다도 안 보고 사 먹었던 음식이 돈가스다. 열 번을 가도 열 번 다 돈가스를 먹었다. 당시 백화점을 따라가는 이유는 이 푸드코트 돈가스를 먹기 위해서였다.

커다란 원형 에나멜 접시에 갓 튀긴 돈가스와 돈까스소스 그리고 옆에 소담히 담긴 양배추와 마카로니 샐러드. 특히 마카로니 샐러드는 당시 두 번 이상 염치를 불구하고 리필했던 기억이다. 돈가스의 빠질 수 없는 짝꿍 같은 존재지 않은가. 마카로니 샐러드를 잘하는 돈가스집은 얼마나 손맛이 좋은지 안 봐도 알 것만 같은, 어쩌면 돈가스보다도 그 집의 솜씨와 정성을 한눈에 확인시켜주는 사이드라고 할 수 있겠다. 그냥 주는 반찬에 그렇게 신경을 썼다면 주인장의 요리 철학이 있지 않을까 하고 어린 마음에도 본능적으로 생각했다.

이후로 수도 없이 돈가스를 만들어 먹는 동안 대충 마요네즈에 버무린 마카로니 말고, 이 동네 내로라하는 돈가스집 주인장 마음으로 꾸덕꾸덕한 마카로니 샐러드를 만들어 돈가스에 곁들인다.

마카로니 샐러드를 맛있게 만드는 돈가스집 사장님이 되어보고 싶은 생각이 스친다.

RECITE   마카로니 샐러드

재료

마카로니 1봉지   땅콩 분태 적당량
맛살 또는 크래미 1봉   건포도 취향껏
오이 1개   마요네즈 적당량
당근 1개   소금 약간
캔 옥수수 1개   설탕 약간

만드는 법

1. 마카로니는 13분간 끓는 물에 삶고 하루 동안 냉장고에
    넣었다 사용한다.
    tip. 삶아서 바로 사용해도 무관하지만 조금 더 탱탱한 식감을 보장하고 흥건한
    물기를 방지한다.

2. 당근은 사방 1cm 크기로 썰어 끓는 물에 한 번 데치고, 오이는
    씨를 제거한 후 당근과 같은 크기로 작게 자른다.

3. 맛살 또는 크래미는 당근과 같은 크기로 작게 자르고, 캔
    옥수수는 체에 밭쳐 수분을 제거한다.

4. 볼에 마카로니와 당근, 오이, 옥수수를 담고 땅콩 분태와
    건포도, 마요네즈를 양껏 뿌려 잘 버무린다. 모자란 간은
    설탕과 소금으로 맞춘다.

5. 용기에 담고 냉장고에 한 시간 정도 숙성한 뒤 먹는다.

+   사실 똑 떨어지는 계량이 있으면 재미없는 메뉴다. 어떤 날은
    맛살이 빠질 수도 있고 대신 햄이 들어갈 수도 있다. 재료만
    있으면 양을 좋아하는 만큼 적절히 섞기 때문에 나 역시
    그때그때 다른 사라다가 완성된다. 그 재미에 만든다. 그래도
    어렵다면 좋아하는 재료들의 밸런스를 맞춰 30~40g씩
    넣어보고 맛을 본 뒤 모자란 것을 추가하면 된다.

50

행복은 김치찌개에

　머나먼 해외여행을 다녀온 뒤에는 법칙처럼 김치찌개를 찾게 된다. 미국에 거주하던 동안에는 가끔 다른 주로 여행을 가도 처음엔 그 동네 미국식 요리들이 입에 맛있지만 이틀 정도 지나면 한식을 찾고 있는 토종 한국 입맛 소유자인 나를 발견한다.

　한식은 사람을 목마르게 한다. 얼른 칼칼한 김치찌개 한 숟갈이 내 목구멍으로 넘어가야 살 것 같다는 생각까지 들게 하는 음식이다. 여행이 길어지면 꾸역꾸

역 한국 음식을 파는 레스토랑을 검색해 한국식 식사를 중간에 한 번 해줘야 '아 밥 먹었다' 하는 말이 나온다. 그렇게 겨우 찾은 어떤 한국 식당에서의 김치찌개는 다디달다. 그럼에도 한국인이라고는 한 명도 살 것 같지 않은 낯선 동네에서 김치찌개가 웬 말인가. 한국 식당에서 파는 정석 김치찌개와는 조금 다른 음식 맛에 살짝 아쉬워하며 먹지만 그래도 속이 곧 진정된다.

싱싱한 돼지 생고기와 맛있게 익은 김치만 있다면 김치찌개 맛은 보장이다. 나는 돼지고기를 아낌없이 넣는 편이다. 두부도 아낌없이 넣는다. 돼지고기에서 우러난 구수한 육수와 잘 익은 김칫국물의 조화란. 거기에 국물이 속속들이 밴 두부까지. 공깃밥으로 두 공기는 뚝딱이다.

된장찌개와 마찬가지로 김치찌개 역시 이튿날의 매력이 따로 있다. 더 푹 익어 입에서 녹아버리는 김치와 탱탱함은 사라졌지만 더 보드라워진 돼지고기, 벌겋게 진해진 국물. 이 세 요소를 같이 크게 한 숟갈 떠서 밥에 비벼 먹어보길. 다른 찬이 필요가 없다.

의외로 비 오는 날 잘 어울리는 생고기 김치찌개. 잘하는 식당을 찾아서 소주와 즐겨보시라. 그래, 이게 그냥 최고라는 말이 절로 난다.

행복은 가까이.

51

달걀말이 고수

 달걀물을 곱게 잘 풀어서 팬에 부어 접고, 접고, 또 접어 만드는 달걀말이 반찬. 만들다 보면 최면에 걸린 듯이 접고 또 접게 되는 종이학 같은 마성의 매력이 있다. 눈으로 점점 부풀어 오르는 달걀말이를 보고 있자면 오늘 했던 걱정들을 잠시 내려놓게 된다. 생각만 해도 가슴이 새카매지는, 답이 안 보이는 고민이 있을 때도 요리가 곧 탈출구가 되어주기도 한다. 비슷하게 탈출구가 되어주는 요리가 있다면 만두다. 만두를 빚는 같은 행위를 생각 없이 반복하면서 눈앞에 보이는 결실을 만들어낸다는 심리적 안정감일까?

달걀이라는 식재료는 정말 무궁무진하게 사용된다. 달걀이 안 들어간 음식을 찾는 게 더 어려울지도 모를 일. 다른 건 몰라도 달걀은 항상 가장 신선하고 좋은 것으로 구매하려고 한다. 그만큼 고소하고 노른자 색 또한 훨씬 영롱하다.

정말 평범한 집 반찬, 도시락 반찬에도 달걀말이는 빠질 수 없다. 어떤 집은 달걀말이에 김을 넣어 부치고, 어떤 집은 갖은 채소를 다져 넣는다. 어떤 집은 치즈를 넣고 어떤 집은 맛살을 넣기도 한다. 나는 채소를 다져 넣고 거기에 다진 청양고추를 조금 많이 넣는 편이다. 달걀말이의 고소하고 부드러운 맛과 상반되는 매운맛이 독특한 매력과 중독성을 주기 때문이다.

연약하고 섬세한 달걀을 잘 다루기 위해선 불 조절이 가장 중요하다. 팬 온도가 너무 높으면 달걀물을 붓자마자 쭈글쭈글하게 확 익어버려 가장 중요한 달걀말이의 시작부터 무너지게 된다. 달걀말이 고수가 되면 어떠한 상황에서도 잘 살려내 결국 벽돌 같은 달걀말이를 만들어내지만 시행착오는 누구에게나 있다는 것을…… 결국 그렇다. 요리는 반복과 연습이 필요하다. 처음부터 잘하는 사람은 없고 그저 자신의 재능을 발견해 나가는 과정일 뿐이다. 내 마음과 같이 여린 달걀 요리의 과정을 즐겨보자.

52

유
치
한

무
형
의

소
원
들

나에게 12월은 일 년 중 가장 행복한 달이다.

치즈피자의 로망을 안겨준 영화 <나 홀로 집에>도
있고 스치듯 들리는 크리스마스 캐럴도,

12월에만 허락되는 빨간 스웨터와 크리스마스 삽
화가 그려진 그릇들.

여름엔 찾을 수 없는 붕어빵과 군고구마의 계절.

언제부터 귀에 익숙해졌는지 모를 냇 킹 콜의 음악.

왜인지 뜨거운 치즈피자는 다섯 배 정도 맛있고.

그리고 커피가 아닌 코코아를 먹으면 내가 어느새 나이 마흔이 되었는지 모르게 동심을 찾는 기분이다.

혼자 먹는 밥은 금방 식어버리지만 창밖으로 눈이 소복소복 내리는 모습을 보고 삭막했던 마음속도 덩달아 소복해진다. 누군가를 다시 이해해보거나 한 번쯤 스스로를 돌아볼 여유가 생긴다. 한 해의 마지막 달이라는 이유로 아쉬운 기분과 더불어 이미 지나가 버린 시간, 후회할 필요도 없다는 생각에 마음을 내려놓고 조금 더 신나게 놀 이유도 생긴다.

어린이 시절엔 크리스마스가 되면 산타 할아버지가 굴뚝을 타고 내려와 크리스마스 양말 속에 가지고 싶었던 선물을 주고 갈 줄 알았다면 지금은 그냥 유치한 무형의 소원들뿐이다. 소원인지 염원인지 모르겠다. 그래도 여전히 크리스마스가 있는 12월은 나한테 엄청난 시간이다.

53

한낮의 빨래

바람, 해 좋은 어느 날 앞치마들을 빨아서 뒷마당에 빨래집게로 고정해서 널어 두었다. 하늘하늘 앞치마들이 바람에 춤을 추고 있었다. 그런 텍사스의 하루가 사랑스러웠다. 지금 생각하면 정말 값진 시간이었고. 문득문득 그리움이 앞치마처럼 하늘거린다.

아들이 두세 살이었을 무렵 아침에 일어나 프리스쿨에 등원시키고 마트에 들러 장을 보고 집에 와서 사부작거리며 취미 생활을 하는 게 좋았다.

집을 꾸미는 것도 일이 아닌 취미였고 밥을 하는 것도 일이 아닌 내겐 취미였다. 쫓기듯 육아하며 보냈던 치열한 시간을 생각하면 오롯이 뭔가를 집중해서 할 수 있다는 것은 그 자체로 무척 감사한 시간이었다. 그래서 나는 그런 순간들을 오래오래 기억하고 싶어서 카메라에 담았다. 가끔 마음이 지칠 때 그때 영상과 사진을 꺼내어보곤 한다. 한국은 너무 치열하고 바쁘다.

54

나는 싸구려 와인을 마시지만 좋은 음악을 듣는 사람이다.

주머니 사정이 가난해질지라도 꽃은 포기할 수 없다.

커피잔에 막걸리를 따라 먹길 좋아한다.

비가 추적추적 오는 날 택시 드라이버 음악을 떠올리는 것.

귀찮아도 서점에 가서 종이 냄새를 느끼고 책을 사기.

크리스마스 캐럴을 365일 아무 때나 듣기.

갑자기 화가를 꿈꾸며 스케치북과 물감 사기.

달력은 날짜를 보려고 사는 게 아니라 그림을 보려고 사는 것.

새 요리책을 보며 설레기.

줄 이어폰으로 음악 듣기.

할머니가 쓸 것 같은 그릇과 옷들.

볼펜보다 연필.

아무 때나 왕가위 영화를 틀어놓기.

나만의 고집스러운 낭만들.

55

날
마
다
새
로
운
발
견

겨우내 노지에서 봄을 기다렸던 봄나물들이 파릇파릇한 생명력을 띠니 먹는 풀잎들에서부터 향긋함이 물씬 난다. 혀끝에 생기 넘치는 단맛이 돈다. 나이가 마흔에 접어든 지 조금 지났지만 사십 대가 되고부터 날마다 나에 대해 새로운 발견을 한다.

아, 나는 이런 날씨를 좋아하는 사람. 아, 나는 이런 머리가 잘 어울리는 사람.

이제야 삼겹살에 걸치는 소주 맛을 아는 사람. 커피

를 찾아 마시며 어른 흉내를 내지만 그 맛은 이제야 조금 알 것 같은 사람. 그런 발견이 있는 날엔 괜히 지갑을 크게 여는 사람.

Epilogue

빈
티
지

수
집
가

　빈티지 수집을 하는 게 업이자 취미다. 오래된 색감의 접시를 마주할 때면 접시가 아닌 세월이 깊이 박힌 듯한 향기가 느껴져 단순히 예쁜 그릇이라는 감정 그 이상을 느낀다. 거기에 내가 만든 음식을 올려 먹는 행위조차 하나의 과정이라고 생각한다. 그것이 너무 좋아서 하나둘 수집하게 된 그릇은 이제 셀 수 없이 많아져 때론 집착인 걸까 싶기도 한 마음이다.

　좋은 가방과 좋은 신발을 살 수 있는 돈을 나는 모

조리 오래된 물건들을 구입하는 데 쓴다. 이 오래된 것은 곧 내가 가진 취향이 되어버렸다.

대부분의 존재는 옛것을 바탕으로 진화했거나 유행처럼 다시 살아나거나 하는 과정에서 살아간다는 느낌을 받은 이후로 나에게는 오래된 물건이 가장 새로운 것이 되었다. 색감을 어떻게 사용했는지, 디자인을 어떻게 했는지, 그림은 어떻게 그렸는지 모두 놀라울 따름. 기술력 있는 세상에 살면서 기술력이 없던 시대에 만들어진 걸 이렇게나 선호하고 내 인생의 일부처럼 여기며 살게 될 줄은 미처 몰랐다. 사람의 손길을 많이 받은 물건들이 부린 마법일까.

내 인생 빈티지의 시초는 중학생 시절. 구제라는 것이 선풍적인 인기를 끌던 때였다. 위아래로 예쁘게 사입을 돈이 없던 시절이라 교복 위에 귀여운 스웨터 하나를 입고 멋 부리는 게 당시 내겐 너무나도 큰 즐거움이었다. 그래서 어느 날은 마음먹고 방과 후 1호선을 타고 동대문운동장역에서 내려 거평프레야나 평화시장을 돌며 예쁜 스웨터를 사 입곤 했다. 그때부터 나는 오래된 것들에 반감이 없었던 사람이었나 보다.

미국에 정착하며 알게 된 문화 중 하나는 어느 동네마다 큰 규모로 있던 앤티크 숍. 거기엔 어마어마한 양의 빈티지 물건들이 기다리고 있었다. 그곳을 처음 봤을 때의 문화 충격이란. 이 나라 사람들은 이 오래된 것에 이렇게나 가치를 부여하는구나. 버리지 않고 잘 수집하여 컬렉션처럼 전시를 해놓은 그 앤티크 숍에 들어가면 만 보 걷는 것은 기본. 거기서 시작된 나의 사랑은 동네에서 2등 가라면 서러울 정도의 빈티지 러버를 탄생시켰다.

의미 부여를 하자면 끝이 없겠지만 좋아하는 것들이 언제 만들어졌는지 찾아보는 일이 너무나도 즐겁다. 수십 년을 살아 있다는 존재감 넘치는 물건에 내 손으로 새로운 히스토리를 만드는 일. 나는 앞으로도 오래된 물건들을 삶에 계속 채워나갈 것이다.

4
SNOOPY
11 oz.
GLASSES
4
SNOOPY
11 oz.
GLASSES
4
SNOOPY
11 oz.
GLASSES

마음 그리운
날엔 분홍
소시지

초판 1쇄 인쇄 2024년 12월 4일
초판 1쇄 발행 2024년 12월 13일

지은이 박지연
펴낸이 최순영

출판1본부장 한수미
컬처 팀장 박혜미
편집 김수연
디자인 정명희

펴낸곳 ㈜위즈덤하우스 출판등록 2000년 5월 23일 제13-1071호
주소 서울특별시 마포구 양화로 19 합정오피스빌딩 17층
전화 02) 2179-5600 홈페이지 www.wisdomhouse.co.kr
ISBN 979-11-7171-336-3 03810